星期八

曾貴海給世界的話
華英詩・文集

The Eighth Day
of the Week
Selected Poems of Tseng Kuei-Hai

目 次
CONTENTS

序

6　市長序
　在詩與土地之間——曾貴海與高雄的記憶與未來　　　陳其邁

8　局長序
　詩的島嶼，從高雄走向世界　　　王文翠

10　序　呼吸的詩人　　　楊　翠

20　序　穿透生死的先知詩歌　　　胡長松

給世界的話

30　呼吸書房
　The Library Breathes

34　短詩一束
　A Bouquet of Short Poems

38　立鐘
　The Grandfather Clock

40　夢境
　Dream

42　妳住在那裡——致 Emily Dickinson
　You Dwell There——To Emily Dickinson

46　靚
　Tranquility

48	恁靚个世界 ·客語詩	
	那麼美的世界	
	This World So Beautiful	

50	天光 ·客語詩
	天光
	Daybreak

| 56 | 該清醒了吧 |
| | You Must Awaken |

| 58 | 狐百合想什麼 |
| | What Do the Fox Lilies Think? |

| 60 | 該醒過來了 |
| | You Must Arise! |

| 62 | 平埔嚎海祭的身體之歌 |
| | Song of *Haohai* Ceremony of the Pingpu People |

| 76 | 星期八 |
| | The Eighth Day of the Week |

額外收錄

85　　延遲到訪的歷史
92　　突然又閃現的歷史

訪談錄

99　　台灣作家與世界讀者：訪談詩人曾貴海　　邱貴芬
102　　與曾貴海聊文學　　蔡幸娥

後記

132　　海的歲月──蘊育詩的珍珠　　曾庭妤

附錄

138　　〈星期八〉手稿及照片

146　　About the Author
　　　英文作者簡介

147　　About the Translators
　　　英文譯者簡介

市長序

在詩與土地之間——曾貴海與高雄的記憶與未來

高雄市長　陳其邁

在高雄這座不斷生長的城市裡，有一群人以行動守護土地，有一群人以詩書寫時代的痕跡。曾貴海醫師，正是兼具這兩種力量的前輩。他是醫者、詩人，是民主與環境運動的先行者，也是文化與社會理想的實踐者。他的詩，來自現場，也來自理想——那與高雄歷史息息相關的生活現場，那與台灣命運交織共鳴的精神。

對高雄人而言，「詩」從不是書架上的詞句，而是柴山與壽山之間奔湧的氣息，是高屏溪與衛武營之間流動的信念與情感。曾貴海走過這些地景，也讓它們深植於他的詩句。他推動衛武營國家藝術文化中心的成立，守護高屏溪流域，捍衛客家文化，也在詩中回望平埔祖靈與失語族群，照見歷史的斷裂與島嶼的願望。這些文字與行動，構築出一位城市詩人對「公義」與「美感」的深刻回應。

這本《星期八：曾貴海給世界的話》，既是他對世界的溫柔發言，也是對高雄的深情凝望。詩集橫跨華語與英譯，不僅讓世界聽見台灣的聲音，也讓我們重新感受這座城市的文化厚度與精神輪廓。他用詩，縫合人與土地之間的記憶，召喚我們共同的未來想像。

高雄，不只是港灣與工業之城，更是一座以詩、以人文思辨為內在的城市。曾貴海以詩為媒，提醒我們：文化不是裝飾，而是城市靈魂的根基；詩，不只是抒情，更是對遺忘的抵抗、對未來的承諾。

他雖離去，但他的詩仍在；他的理想與溫度，仍在這座城市中流動。我們會記得他，也會在《星期八》的詩行裡，一次次看見那座從高雄出發、通往世界的島嶼。

局長序

詩的島嶼，從高雄走向世界

高雄市政府文化局局長　王文翠

曾貴海醫師的詩，根植於土地，也始終張望著世界。他寫高雄的風、市街的記憶、土地的聲音，也書寫台灣的歷史、語言與命運。在這本《星期八：曾貴海給世界的話》中，他再次以文字發出邀請——與世界對話，與讀者對話，也與時間對話。

作為醫者，他關照的是身體；而作為詩人與文化實踐者，他療癒的，是集體的創傷與沉默的歷史。他創辦文學雜誌、投身環境運動、參與公民行動，長年於高雄留下堅實而深刻的足跡。他是一位以詩承擔社會責任、以行動實踐信念的文化公民，使詩不只為高雄發聲，也為整個台灣發聲。

這本詩集的出版，如同一次精神的傳遞。我們閱讀他的詩，彷彿與一位思想清澈、情感深厚的友人並肩同行。他筆下的「台灣」，從來不是靜止的圖像，而是一座不斷移動、辯證與追尋中的島嶼。而這座島嶼，也在他的詩中，從高雄出發，被世界讀見。

文化局長期致力於推動高雄在地文學與國際文化交流，正是希望讓更多來自這片土地的聲音，跨越語言與邊界，成為台灣文化的代表。我們相信，詩的力量，不止存在於書頁之中。願這本詩集，成為更多人走近詩、走近台灣的起點。從高雄出發的聲音，仍將持續，被世界聽見。

序
呼吸的詩人

楊翠　國立東華大學華文文學系教授

展讀曾貴海醫師身後遺留的這一帙已竟／未竟詩作,〈呼吸書房〉瞬間抓住了我,特別喜歡詩末這兩段:

> 書房逐漸膨脹
> 穿透星羣虛空
> 俯視山河海洋大地
> 隨著呼吸的節奏
> 自由自在的飄浮
>
> 人在書房
> 書也在書房
> 一切都沒有改變
> 包容一切
> 蜷縮成一粒灰塵
> 飛落呼吸中的書房

「呼吸書房」是一個能動空間,是一個重層世界,有時是巨觀宇宙,有時是微觀宇宙,而詩人受到字語邀請,成為「闖入者」,進入「沒有邊界的遠方」,聆聽遠古的聲音,映照著細縫中的光。最終,「闖入者」與書房,與字語聲音,與飄浮的時

空,融容一體,進入生命迸發的最初,「蜷縮成一粒灰塵／飛落呼吸中的書房」。

〈呼吸書房〉彷彿是曾醫師向讀者的告白,你每讀一次,就感覺到詩人的呼吸氣流正在左近,幽微迴盪。書房還在呼吸,醫生詩人蜷縮成一粒灰塵,仍然在書房中,與書房一起呼吸,一起穿透星群虛空,俯視他深愛的山河海洋大地。

此刻,當我們閱讀曾貴海,他就在呼吸書房中。醫生詩人此生永恆的呼吸吞吐,就是詩與台灣。

這本詩集中,有好幾首詩是關於詩人與詩的交會。〈妳住在那裡——致 Emily Dickinson〉,以美國女詩人 Emily Dickinson 為對話者,Emily Dickinson 的詩作獨創一格,生前不被聆聽,死後則被文學界指認為現代派先驅,廣受閱讀,而她的愛情與秘密,也受到無數窺探揣測。曾貴海以第二人稱視角,藉由與 Emily Dickinson 對話,實則是與「詩」對話,與做為詩人的自身對話。詩人永遠是孤獨的,充滿秘密的,一如 Emily Dickinson,因為唯有如此,才能有詩。

然而，詩人是矛盾的，他既孤獨又期待對話，既保守秘密又渴盼閱讀。那個對話對象，可能是讀者你我，如只有四句的短詩〈詩〉，是詩人對讀者的召喚：「完成的每一首詩／立刻變成石化的建築／被讀者的手觸摸／才張開眼睛」。

而詩人最渴盼的對話者，應該就是「詩」本身，如〈靚〉中的「你」，是詩人窮其一生探尋的字眼、吟頌、段落、篇章；〈詩的誕生〉中，有「許多不認識的人」（靈感，詩魂）移動了詩人的手，成就了詩；〈每一首詩〉中，「詩」更是詩人與眾多他者的合鳴：

> 每一首詩
> 都有許多他者
> 折返的回聲
> 隱藏在時間中的話語
> 共鳴的合唱

醫生詩人曾貴海最渴求的回聲與合唱是什麼？

他此生所有的關懷，他最終的心心念念，是這一座曾經安頓他的生命，沃腴他的詩心，也昇華了他的靈魂的美麗島嶼，台灣。

「台灣母體」，幾乎是曾貴海一生的探索，永恆的掛念。她是曾貴海詩魂所繫，但她也是詩魂本身，是〈靚〉裡頭那些最動人的字眼、吟頌、段落、篇章，而詩人一生的職志，就是在

追尋她的蹤跡，拆解她的謎語。

曾貴海詩作中的台灣，既不是被神聖化的母神，也不是被浪漫化的母親。漫長的詩作生涯，曾貴海筆下的台灣母體，有時是子宮溫暖的孕育者，有時是溫柔寬納的療癒者，但有時也是遍體鱗傷的受創者，有時是充滿困惑的失憶者，有時是無法發聲的暗啞者。

台灣，是一個能動母體，也是一個創傷母體，更是一個遺忘身世，四方找尋自身的空白主體。

然而，對曾貴海而言，台灣母體與台灣島嶼子民，不是母與子、更不是父與子的關係，也不是主與客的關係，而是互為鏡像，互為彼此。這個找尋自身的台灣母體，就是曾貴海自身，也就是我們每一個居住在這座島嶼上的人。「台灣母體／台灣主體」，正是曾貴海思想的核心，他在無數文字中犀利指出，我們就是創傷主體本身，我們必須重新尋繹歷史記憶，建構自我認同，從而自體自癒。

主體的身世，唯有從歷史紋理中探掘。這正是曾貴海為何長期以詩作與文論，從島嶼歷史發展的紋理，指認主體的身世，描繪主體的容色的原因。他筆下的主體呼聲，穿越漫長的被禁錮的歷史甬道，發出幽微的聲音。

然而，台灣的歷史本身，卻是詭譎莫測的，可以說，曾貴海終其詩涯，都在探究這個問題。因而，兩首曾收錄在2007年

的《浪濤上的島國》的長詩,〈突然又閃現的歷史〉與〈延遲到訪的歷史〉,特別收錄在這本最終詩集中,是有獨特意義的。因為,曾貴海透過「歷史」與「台灣母體／台灣主體／台灣住民／主體自身」的對話,是一場自始至終無法被明確標記時間的永恆旅程。是呼吸書房中的現在進行式。

往昔,他只要提筆,旅程就重新開啟,如今,你只要展詩,旅程就再次接續,你會聽見呼吸書房的宇宙中,即使已經化成一抹灰塵,仍然還在呼吸的詩人之魂,正在尋繹你的聆聽與回聲。

在這兩首詩中,曾貴海將歷史「意識化」,「台灣歷史意識」情緒起伏,時而「突然閃現」,時而「延遲到訪」。曾貴海以「閃現」、「延遲」這兩種截然不同的時間感,既營造出「台灣歷史意識」的主體徬徨與情緒波動,也從而開啟詩人(台灣住民)與「台灣歷史意識」的每一個對話現場。這是一個永遠 on line 的進行式。〈突然又閃現的歷史〉中,「台灣歷史意識」猶如躁狂症者:

> 電腦螢幕突然出現了一大堆火星文亂碼Tayovan
> 外來者 Tayan 異形 Taiwan 刮玩 Diewan 埋怨
> Taiwan 太彎 Taiwan 抬妄 daiwan 呆彎
> Daiwanlan 呆彎人 Tavan 埋望 Taiwan 代旺
> Taitaiwan 代代旺 我真的沒有想到歷史也有抓
> 狂的情緒那些火星文消失後小小的光點萎枯成
> 黑色天空祂突然不再回答我的質疑我非常懊惱

「台灣歷史意識」透過電腦螢幕所閃現的火星文，不是無意義的亂碼，而是各種創傷的記號。所謂「火星文亂碼」，其實就是台灣的身世。殖民者、占領者、掠奪者，任意為島嶼命名，這些名稱如符咒般，層層疊疊黏貼在島嶼母體的腦門與心口，最終，島嶼住民的自我認知，也成了一團火星文亂碼。

歷史會受傷，會痛苦，會無奈，會發怒，會抓狂，因為亂碼已銘刻成為紋理，無法輕易刮除，而現實似乎也改變不了。但曾貴海筆鋒一轉，扣回他一向的思想核心──「台灣母體／台灣主體」；島嶼被塗滿亂碼符咒，熟令致之？當然是殖民者，但又不僅是殖民者，島民自身才是延伸亂碼，強化符咒能量的元凶：

　　台灣人不能再把責任完全推給殖民者了
　　時間給你們太多的機會
　　你們向殖民者學習所有掠奪的技巧
　　又企圖用黑色的巨傘遮住陽光

　　集體返祖的子民在博弈遊樂場捧著神像下注
　　權力可以賤價可以折扣可以交換可以出賣
　　甚至靈魂的出租與援交已不是什麼秘密的勾當
　　台灣被偽神製造者堆置在孤寂的角落如遺棄的父母

這首詩註記：「2007年5月21日早上與李喬及楊文嘉談話後完成。」從2007年的歷史事件中，可以推測台灣首度政黨輪替後，新執政團隊的領導人及其周邊眾人的作為，新造神與

新的權力博弈，再次為台灣母體貼上符咒，詩人與他的友人深切痛心，悲嘆「台灣被偽神製造者堆置在孤寂的角落如遺棄的父母」。

只是痛罵殖民者，永遠撕不掉符咒，唯有反思「台灣住民主體責任」，我們才能從自身內在蓄養撕掉符咒、改寫亂碼的能量。同年的〈延遲到訪的歷史〉，曾貴海持續反思「台灣住民主體責任」。「歷史記憶」做為台灣母親的主體核心，它是不斷被凌遲與竄改的「亂碼紀錄」，為人們的認同帶來錯亂。然而，為人們帶來苦難的不是歷史，不是歷史上的那幾筆紀錄，而是掠奪者，以及對掠奪者卑屈的台灣住民。台灣的命運，不是全然被動形成的，有很大部分是緣自主體自己的選擇。〈延遲到訪的歷史〉中，「台灣歷史意識」附體曾貴海說話：

> 妳們台灣人當然對我深懷不滿
> 妳們的苦難在我的檔案中仍散發著血汗的腥味
> 妳們並沒有在西來庵抗暴中被炙熱的太陽烤焦
> 乖謬的歷史後來也為妳們打開了幾道大門
> 妳們卻選擇更黑暗的深淵
> 妳們的生存慾求卻堅韌如雜草
> 誰能清除已深埋土地的根莖呢

做為主體，你可以選擇對殖民者卑屈，也可以選擇清除黑暗的根莖。長詩最後，「台灣歷史意識」以似疾快似綿長的話語節奏，似狂躁似舒緩的情緒流動，寫出充滿餘韻的未來可能：

歷史就像今天的濃霧是被不可預知的命運蒸發
形成的謎團人間事物有時候只是迷人的謊言有
時候甚至是一堆文字的垃圾有時候是令人顫慄
的黑暗故事有時候卻像無風的水面映照著鏡底
的天空白雲樹影和伏下身子想照見自己臉孔的
子民他已走出竹林我追出去把他遺留在我房間
的那串百合花交到他手上

請送給地球遠方的人們
那是我們土地上最美麗的祝福
請告訴他們我們就住在太平洋的浪花上

百合花不是獻祭，而是傳遞，是住在太平洋的浪花上的島民漫長的民主馬拉松的信號，一個交給一個，用來安撫痛楚的靈魂，喚醒依舊沉睡的人們。對話於曾貴海2023年〈該清醒了吧〉與2024年〈該醒過來了〉兩首新作，百合花的清芳，綿長悠遠。

此時此刻的主體，仍然是被催眠數百年，失落自身，甚至無法聆聽自己聲音的眠睡者。2023年的〈該清醒了吧〉中，台灣主體是「睡過頭的人」，因為沉睡未能清醒，而讓黑暗與邪惡吞噬：

幽靈躲進黑雲
收購廉價的靈魂
那些被浸泡的靈魂

> 被賄賂的靈魂
> 賣給飽漲著肚子
> 仍然飢餓的侵略者

而2024年的〈該醒過來了〉中，曾貴海更指出，台灣主體不是自主沉睡，而是被催眠了數百年，以致失去警覺，無法感知與聆聽：

> 被催眠了幾百年
> 災難的禿鷹在頭頂盤旋
> 失去警覺
> 沉睡在催眠者虛假的耳語中
>
> 聽不懂耳語的河水
> 流回廣闊的海洋
> 波濤不斷地輕唱
> 旅途的故事

有時，歷史猶如被咒語禁制，無法言語，無法聆聽，深度眠睡；有時，歷史是島嶼主體被剝奪之後，殘存的意識所化身的超越存在。這些意識與意志，棲身於另一個時空維度，附體在詩人身上。

被「台灣歷史意識」附體的醫生詩人曾貴海，他既感知了島嶼主體的創痛與傷痕，也接收了超越存在的島嶼意識，他不只是歷史的乩身，他的詩，就是歷史的聲音。這些詩，以及詩

中的聲音，超越了時間，是過去，是現在，也是未來。

寫於2024年6月27日的〈星期八〉，曾貴海的最後作品，星期八，是一個延宕與循環的時間，它最終被壓縮成爲殘骸歷史；但星期八，也是下次，是改天，也就是那個一直被延宕，但終究可能抵達的未來時間。

未來終將抵達，而曾醫師也沒有離去，他的詩沒有離去，他的呼吸書房依舊吞吐著這座島嶼的晨昏日月，徐緩地吟詠著他對母土的情愛。

而我們，仍會持續閱讀曾貴海。

序

穿透生死的先知詩歌

胡長松　小說家、詩人

為曾貴海醫師的這本詩集寫序，艱難之處超過了所有我曾經接下的文字工作任務。在過往，我大概會在發表後接到他的電話，熱烈地和我討論我的觀點和他的觀點，更多的時候，他會慷慨地為我做一些哲學面的補充，但這次他留下的詩歌密碼，我只能試著在地上的某個角落，單方面進入他永恆的「星期八」，談談他留下的訊息。

我們很難在短短篇幅內綜論曾貴海的詩歌美學、詩學及他所關心的多樣議題，更應抱持免於簡單斷論的立場，因為他的詩歌價值，都已留存於他對世人豐富的詩歌貢獻且自成了證言。因此我在這裡流淚寫下的，只是代表世上許許多多懷念他的人，再一次因為他的詩歌而得以促膝相聚的緬懷方式之一。

我的責任，是向各位報告我和曾貴海先生多年的交流中所形成的印象，其中最重要的，就是他詩歌中反覆思辨的核心議題：台灣島國的建立、自由民主的島國、台灣本土對外來殖民者的反抗、本土族群的母語創作、多元豐富性和互相團結、優美的自然環境維護和進步社會的建構、人的生存和永恆、生活中閃現的美感、哲學精神和信仰深度的建立，等等。他不只十次地和我談論德國詩人赫爾德林（Friedrich

Hölderlin）的詩句：「人，詩意地棲居在大地！」也許，這句詩句，得以展現出他這些核心議題中的最核心意識吧。又或者，我們可以說，這句詩歌，是得以穿透曾貴海先生的多元議題的金鑰之一。當然這裡的「大地」，首先就是他一生熱愛且貢獻於上的母土台灣，身為他的讀者，我們非常幸運地，得以藉由曾貴海的詩歌，穿透這些他一生關切的議題，詩意棲居其中。

這本他最後的詩集，事實上也留下了一定的訊息來支持我前一段的論點。例如在〈呼吸書房〉中，他寫下：

　　書房逐漸膨脹
　　穿透星羣虛空
　　俯視山河海洋大地
　　隨著呼吸的節奏
　　自由自在的飄浮

我們珍貴地得以藉這首詩，望見詩人從書房「穿透」山河時空、海洋大地，自由自在漂浮其上。這是一種精神修練的成果，也就是我前面提及的「詩意地棲居於大地」的那種「棲

居」的詩意,而最終進入一個無始無終、「主體客體融合爲一」的永恆體驗:

> 人在書房
> 書也在書房
> 一切都沒有改變
> 包容一切
> 蜷縮成一粒灰塵
> 飛落呼吸中的書房

有時候,這種永恆的體驗,是非常細膩溫柔的,例如在〈狐百合想什麼〉,他寫下這樣的動人的詩句:

> 太陽召見了妳們
> 月光親吻臉龐
> ……
> 只有三天四夜
> 陪伴在宇宙的角落
> 向最小的妹妹惜別
> 等待在未來某個地方
> 重逢的美好時光

這樣的永恆感,具有一種美的意識,是因爲「美」的本質所塑造的永恆感,我們也可以說,是「美的永恆抒情」。這個「美的永恆抒情」最爲世人所熟知的詩句,就是〈冬花夜開〉的名句:「不斷的開花/不滅的夢/在某個小小的角落/悄悄改換了世界」。當然後者除了永恆感知的抒情外,還添加了

信念的動能趨動，得以讓這個美的思想不只是存在形而上的思想感知世界，而得以藉由「開花」的生之動能，「悄悄」落實改變了實體的世界。

前述「詩意地棲居」的詩觀，當然仍多有未能涵蓋詮釋詩人的地方，例如〈冬花夜開〉裡所觸及的生命動能，這造就了曾貴海詩歌中的先知意識，以及他諸多社會運動中所彰顯的先知性。「美」是不夠的，「用自己的方式（開花）讓世界更美」才是足夠的，這樣的先知意識，就是〈該清醒了吧〉所寫下的：

　　讓清醒的心
　　匯集成拍岸的波濤
　　響徹島國
　　讓不安的天空平靜
　　讓人們遠離幽靈

在這裡，詩人對著台灣「島國」講話，就像聖經裡的先知耶利米對著以色列講話，在警告台灣不該鬆懈沉睡，這就是先知性的詩句。〈天光〉的警示更加直接強烈：

　　反抗係你們最高尚个情操
　　趕出殖民者
　　汝等个堅持同意志
　　係世界受壓迫个民族中
　　最閃亮个勳章

　　台灣同汝等有共同命運

共下伸出兩隻手
攬著民主自由
不放手

曾貴海詩人留給世人最後的詩作〈星期八〉，則是穿透生死的、關於永恆與信仰的先知訊息。他這樣寫：

星期八

消滅了整個星期
今天是個恩賜的日子
時間不停留，你怎麼看
如何不苦呢
如何不死呢
那是悉達多坐在樹下
發現的秘密
誰能像他
直到來世也無法理解
那就試著平靜下來
走進覺悟者留給人類的廢墟

歲月循環不息
回收殘骸的碎片
長成歷史的樹林

在這樣的詩句之前，我們只能敬畏地面對死亡的威嚴。「歲月循環不息」，正如松尾芭蕉所說：「日月是百代的過客，去又

復返的年月也是旅人。」我們必須更仔細地析辨曾醫師最後的叩問:「如何不死呢?」他寫說:「那就試著平靜下來,走進覺悟者留給人類的廢墟」,在「歲月循環不息」之中,「回收殘骸的碎片,長成歷史的樹林」。他留給世人的最後一句詩「長成歷史的樹林」,我們不能輕易錯過其內的深意。尤其是針對「歷史」這個詞。在過去的曾貴海詩歌,「歷史」時常具有擬人的生命位格。例如在詩集《浪濤上的島國》所收錄的〈延遲到訪的歷史〉一詩,他這麼寫:

> 某個幽靜得連空氣都會掉落的清晨歷史到竹林
> 的小屋探訪我他帶來了一串台灣特有種的百合
> 盛開的花瓣仍殘留了魯凱族女神祖留下的芬芳

這裡的「歷史」被詩人賦予人的位格,我們也不妨這樣看待〈星期八〉的這最後一句「長成歷史的樹林」當中的「歷史」。同樣的修辭也出現在〈突然又閃現的歷史〉:

> 歷史接受我回贈的一束野百合後消失在密林的
> 出口我不認為以後再有機會迎接祂的造訪親吻
> 祂獻給台灣這塊土地與人民的解放證書我從祂
> 離去的背影閱讀出淡淡的惋惜和無奈直到祂消
> 失前從來不回看我等待的眸光真的要讓歷史從
> 這塊土地永遠的棄離而去嗎真的要讓歷史永遠
> 替殖民者寫下他們馴服台灣的第七篇日誌嗎

當我們反覆讀著他於2007年寫出的「第七篇日誌」這樣的語詞,再對照看這首他最後的詩歌〈星期八〉,以及他所寫下的

最後詩句「長成歷史的樹林」，我們必然可以體會曾貴海詩人穿透生死的先知眼光，體會他對我們最後的叮嚀。在島國無盡綿延的時空中，那長成樹林的「歷史」已然是新的「歷史」，未來也必將傳承延續下去。

回過頭來看，「歲月循環不息／回收殘骸的碎片／長成歷史的樹林」這最後的詩段，卻也是全詩「星期一」章節的最開始詩段，既是終，也是始，反覆循環不息。詩人對人的生命與歷史延續的看法，也巧妙落實在這個詩敘事結構上。

文章的結尾，對我來說異常地艱難，我仍會習慣於曾醫師讀完文章後會再撥個電話過來，為我補充一點什麼，但曾醫師，我們顯然是要在星期八才能再會了。我能做的，就是為你朗讀你在2004年為在SARS中獻身的林永祥醫生寫作的詩篇〈永恆的醫者之愛〉，而這次是獻上給身為作者的您自己：

> 當殘酷的春天離去
> 你已被捲入未知的世界
> 留下永恆不變的慈悲訊息
> 珍重再見，生命
> 珍重再見，無盡的未來

珍重再見，島國永恆的醫者。
珍重再見了，曾醫師！

胡長松　敬筆於打狗　二○二五年五月二十四日

曾貴海在日常閱讀與寫作的書房。
照片提供・翁禎霞女士

給世界的話

曾貴海

Tseng Kuei-hai

呼吸書房

  狹窄的書房正在呼吸
  我只是闖入者
  書中的作者和無聲的語句
  邀請我
  進入陌生的領土
  指向沒有邊界的遠方

  時間和音樂流成廣闊的河道
  迴響著遠古的聲音
  光滲透竹簾的細縫
  照亮書頁的語詞
  心中的漩渦拍擊浪濤
  在心中鳴叫
  書房的陽光
  巡遊一天的旅程

  光的尾巴
  聲音的蛇
  海面上的救生圈
  漂浮的時空

慢慢的調整呼吸
直到聲音消失
感受逃離書房
一切空白

書房逐漸膨脹
穿透星羣虛空
俯視山河海洋大地
隨著呼吸的節奏
自由自在的飄浮

人在書房
書也在書房
一切都沒有改變
包容一切
蜷縮成一粒灰塵
飛落呼吸中的書房

二〇二四年三月一日

The Library Breathes

Translated by Shuhwa Shirley WU

The overflowing library breathes,
And I am but an intruder—
Authors with their silent lines in the books
Invite me to enter.
They draw me to worlds unknown,
Sending me to horizons without end.

Time and music flow into vast rivers.
Echoes of ancient voices resonate.
While light filters through bamboo curtains
Illuminating words upon each page
A whirlpool stirs within like waves,
Softly murmurs in my heart.
The sunlight in the library
Travels its course of the day

The tail of light
The serpent of sound
A lifebuoy adrift on a vast sea
Travels through realms of time and space.

Slowly, I adjust my breath
Until all sounds disappear
All sensations escape from the library.
Emptiness fills.

With each breath
The library swells
And floats freely.
It travels all over the universe; it travels pass constellations
Gazing down on mountains, rivers and oceans.

A person in the library
A book in the library
Nothing has changed.
All is contained—
Contained into a single grain of dust, then falls gently
With the breath of the library.

March 1, 2024

短詩一束

黑點淡黃蝶

一隻黑點淡黃蝶
漂浮進入城市
號誌亮起綠燈
跟蹤人群
走過斑馬線
消失在街角

秋

大地的心
平靜下來
四季的休止符
指揮者休息了

詩的誕生

許多不認識的人
移動我的手
寫下第一行
停在最後一行
往往超出我的想像
或者，不屬於我的想像

每一首詩

每一首詩
都有許多他者
折返的回聲
隱藏在時間中的話語
共鳴的合唱

詩

完成的每一首詩
立刻變成石化的建築
被讀者的手觸摸
才張開眼睛

孤獨的雕像

留下歷史的暗夜
不變的姿態
孤獨的挺立在寒風中
人們知道他做了什麼

二〇二四年六月十二日

A Bouquet of Short Poems

Translated by Shuhwa Shirley WU

A Pale Yellow Butterfly with Black Spots

A pale yellow butterfly
With some black spots
Flies into the city.
The traffic light turns green;
It follows the moving crowd
Gliding across the zebra stripes
Then only to disappear
Around the corner of the street.

The Birth of Poetry

Many unknown hands
Move my hand
Inscribing the first line
Pausing at the last.
What unfolds often exceeds my imagination
Or perhaps
It belongs to a vision beyond mine.

Autumn

The heart of the earth
Settles into peace.
A pause in the symphony of seasons,
And the conductor lays down his baton.

Every Poem

In every poem
Echoes of voices intertwine.
Whispers nestled in the folds of time.
A chorus
Rises in beautiful harmony.

A Poem

A poem, once completed
Becomes something bound in eternity.
Only when touched by a reader's hand
Does it open its eyes.

A Lonely Statue[1]

Left to history's shadowed night.
In rigid stillness
It stands alone against the cold wind.
And People remember what he has done.

June 12, 2024

---

1   This poem captures both the solitude and the weight of history surrounding the political figure Chiang Kai-shek.

立鐘

不停地在客廳擺盪
一分一秒
趕著萬事萬物前進

孤獨精準的步伐
不被改變的執著
從何處來
又往別處去

只有人
提出許多詭計
要求協商
慢一點或快一些
任何祈求與它無關
不接受威脅

擺動中順便帶走一些
又帶來一些
花要凋謝
四季卻同意
綻放

二〇二三年八月三十一日

The Grandfather Clock

Translated by Shuhwa Shirley WU

Tick, tick, the clock ticks steadily
Second by second, and minute by minute
All things go by the clock

See how precise the pendulum goes right, then left
And returns to its position
Steadily it follows its pace
Nothing can change its steps

Human beings, however
Are tricky
They craft numerous requests to do things slower or faster
But the clock is free from demands
Free from any threat

The clock goes on, in its swaying
It takes away something
Yet brings forth something new
It's like the seasons:
Flowers are to wither
And to bloom

August 31, 2023

夢境

根本不知道
身體住了什麼人

夢中
好幾個人攻擊我
我一直躲閃
猛力揮拳自衛
沒想到打到床旁的眠燈
立刻驚醒
那些人退回陰影中
臥室滲透淡淡微光
冷清的暗夜
又回到夢中
找不到那些人

原來身體不只住著我
還有我不認識
的我

二〇二三年八月三十一日

Dream

Translated by Shuhwa Shirley WU

I hardly know
Who else lives within this body.

In the dream
Several figures pressed in.
I dodged and stroke out in defense.
Only to hit the bedside lamp
And startled myself awake.
Then they slipped back into shadows
While the faint light seeped through my room
A dark night, cold and quiet.
Back in the dream
I searched for them in vain.

It seems this body holds not just me
But other selves,
Unknown to me.

August 31, 2023

妳住在那裡 ——— 致 Emily Dickinson

妳從來不說
妳在那裡
四季循環湧動
妳憂傷的送別
它們逃離而去

漫步樹林小徑
許多熟識的朋友
沿途互相打招呼
頑皮的松鼠跟隨妳散步
楓樹和風輕聲交談
水仙鋪展新做的花裙
知更鳥棲息樹上吹口哨
一齊找妳談心
告訴妳心中的秘密

妳也偷偷向牠們傾訴
妳的孤寂
妳隱藏的愛情與詩
偶而飄升雲層之上
精靈陪妳伴飛

黃昏的霞光扇開地平線
直到疲倦的太陽闔下眼睛
黑夜卻找來更多星星
告訴妳祂們怎麼生活

妳說生命隨處逃亡
一切不可能預測
找不到躲藏的地方
妳平靜的面對死亡的造訪
等待身邊躺下一位紳士
從日出到日落
互相叩響牆壁
在塵土下傳送回音
細訴殉美的心情

妳住在不可能的秘境
許多愛詩人心中

二〇二三年九月二十五日

You Dwell There ——— To Emily Dickinson

Translated by Shuhwa Shirley WU

You never reveal
Where you are—
Seasons come and go
and you bid them farewell
as they slip quietly past.

Wandering along forest paths
Old companions greet you—
Squirrels dart close at your heels
Maples murmur chats with the breeze
Daffodils spread skirts of fresh petals
And robins whisper from their branches.
They seek you out for confessions
To share secrets of their hearts.

And you, too, confide in them—
Your solitude
Your hidden loves and verses.
Sometimes you drift beyond the clouds
Where invisible fairies fly with you.

At dusk, twilight spreads its golden fan over the horizon
Until the weary sun lowers its eyes.
Then night gathers the stars
Each sharing tales of their own.

You speak of life always slipping away
Of all things fleeting
No refuge to be found.
Calmly, you wait for death's arrival
For a gentleman lying tenderly at your side.
From dawn to dusk
You tap on invisible walls
Sending echoes through the air
You confess your devotion to beauty.

You dwell in a secret place,
Deep within the hearts of poetry lovers.

September 25, 2023

靚

走過來,每次
你眼眸的深處
打開一扇門

走進去
你是隱藏想像力的字眼
你是山澗流水的吟頌
你是山峰起伏的段落
完美但未完成的篇章

再靠近一些
無聲的唇語
燃燒朦朧煙霧
晦澀糾結成謎語

門開門閂,每次
意外交會
留下淺淡的蹤跡

二〇二二年十一月

Tranquility

Translated by Terence Russell

You walk toward me, and every time
In the depths of your eyes
A door opens

I walk in
You are words of hidden imagination
The odes of water flowing in mountain streams
The stanzas of mountain peaks that rise and fall
And verses perfect yet incomplete

Drawing yet closer
You pronounce silent words
That burn away the murky smog
So cryptic, they intertwine to form a riddle

The door releases its latch, and every time
There are encounters unexpected
Which leave behind the faintest traces

November, 2022

恁靚个世界　●客語詩

雪白个春天
打開油桐花目珠[1]
看到恁靚[2] 个世界

二〇二三年三月十日

那麼美的世界

雪白的春天
打開油桐花的眼睛
看到那麼美的世界

二〇二三年三月十日

編按：本詩為應客家委員會「2023 桐花三行詩」徵選活動之邀請所創作。原文為客語，另翻譯為華語。

1　目珠：眼睛
2　恁靚：這麼漂亮

This World So Beautiful

Translated by Terence Russell

Springtime white as snow

Opens tung blossom eyes

To glimpse this world so beautiful

March 10, 2023

Editor's note: This poem was written at the invitation of the Hakka Affairs Council for the event "2023 Tung Blossom Three-Line Poetry Competition". It was written in Hakka and then translated into Mandarin.

天光　●客語詩

涯等有相同个天光同暗晡
四季輪流來到島國
對海脣到山頂
開滿又靚又香个花

島上歇滿平等个人類
有人權个自由人
幾百年來
殖民者帶著利刀同槍子
侵佔島國生命
強迫涯等跪佇土地
一代接一代
還未出生就係殖民地个細人仔

二戰後
殖民者抹滅幾萬人个名仔
關入暗夜个房間
承受一生介苦難
台灣人又忍受了37年戒嚴
涯等个抵抗正有涯等个的存在
春天已經帶著花來了島國

民主个花蕊
自由个花蕊
台灣講出人類个心聲

愛爾蘭係台灣个兄弟
汝等个目汁同血
也曾經染紅歷史个長河

反抗係你們最高尚个情操
趕出殖民者
汝等个堅持同意志
係世界受壓迫个民族中
最閃亮个勳章

台灣同汝等有共同命運
共下伸出兩隻手
攬著民主自由
不放手

二〇二三年七月三日

編按：2023年，愛爾蘭三一大學（Trinity College Dublin）與我國駐愛爾蘭代表處合作，邀請台灣詩人曾貴海創作客語詩〈天光〉，以此詩為題進行「翻譯擂台」競賽。

天光

我們有相同的天光和夜晚
四季輪流造訪島國
從海岸到山頂
綻開美麗芬芳的花朵

島上住著平等的人類
彰顯人權的自由人
幾百年來
殖民者帶著利刃和槍彈
侵佔島國的生命
強迫我們跪在土地上
一代接一代
還未出生就是殖民地的孩子

二戰後
殖民者抹滅幾萬人的名字
關入暗夜的牢房
承受一生的苦難
台灣人又忍受了37年戒嚴
我們的抵抗才有我們的存在
春天已經帶著花來到島國

民主的花蕊
自由的花蕊
台灣講出人類的心聲

愛爾蘭是台灣的兄弟
你們的淚水與血
也曾經染紅歷史的長河

反抗是你們最高尚的情操
趕出殖民者
你們的堅持與意志
是世界受壓迫的民族中
最閃亮的勳章

台灣與你們有共同命運
一起伸出雙手
擁抱民主自由
不放手

二〇二三年七月三日

Daybreak

Translated by Shuhwa Shirley WU

We share the same daybreak, the same night.
Seasons come and go.
From coast to mountaintop
Blossoms come forth, fragrant and wild.

On this land dwell people of fair heart.
They are free souls holding the banner of human rights.
Yet, in the past hundreds of years
Colonizers came with swords and bullets
Bashing the life of this island
Forcing us to bend on our knees.
Generation after generation
Our children born colonized people.

After World War II
The colonizers erased tens of thousands of people
Locked them in dark prisons
A lifetime of suffering to bear.
Then followed thirty-seven years of martial law
A weight enforced upon the people of Taiwan:
Our resistance becomes our existence.

> **Editor's note:** In 2023, Trinity College Dublin and the Taipei Representative Office in Ireland co-hosted a "Translation Slam" based on this Hakka poem by Taiwanese poet Tseng Kuei-Hai.

Spring has brought blossoms to this island
Blossoms of democracy
Blossoms of freedom—
Taiwan speaks out the heart of humanity.

Ireland, brother of Taiwan
Your tears and blood
Have also colored red the long river of history.

Your defiance the highest virtue
You have strong resolve; you have strong will—
You drove out the colonizers
You a shining emblem
Among oppressed nations.

Brothers, we share the same fate as oppressed peoples
Let's reach out our hands
Let's embrace democracy and freedom
And never let them go.

July 3, 2023

Translator's note: The title of this poem "天光" indicates the daylight comes. This is the ultimate wish of the poet Tseng for Taiwan as a nation to leave behind its dark colonized past and advance its prosperous future.

該清醒了吧

該醒了吧
睡過頭的人
召喚的聲音
傳遍島國的大地

幽靈躲進黑雲
收購廉價的靈魂
那些被浸泡的靈魂
被賄賂的靈魂
賣給飽漲著肚子
仍然飢餓的侵略者

美麗豐饒的島國
經歷數百年痛苦的島國
正祈求子民們的回應
聽到了嗎

讓清醒的心
匯集成拍岸的波濤
響徹島國
讓不安的天空平靜
讓人們遠離幽靈
遠離收買靈魂的邪靈

該醒了吧
睡過頭的人

二〇二三年九月

You Must Awaken

Translated by Terence Russell

You must awaken
All you lay-abeds
The arousing call
Rings the whole island over

Dark specters retreat behind
dark clouds
Souls bought cheaply
Those souls steeped in the mire
Souls that have been bribed
Sold to invaders with bellies
bulging
Who yet feel hunger

Lovely, fertile isle
Island nation through centuries
of hardship survived
Now begs a response from its
people
Do you understand?

Let our minds awaken
And gather like surf pounding
the shore
Resounding across this island
nation
Stilling the unsettled heavens
Keeping our people far from
the dark specters
Far from those evil spirits who
buy people's souls

You must awaken
All you lay-abeds

September, 2023

狐百合[1]想什麼

妳掙脫來生前的拘禁
陪二位姐姐等待
最慢降生的妹妹

太陽召見了妳們
月光親吻臉龐
牽手在風的長裙舞蹈
靜謐地傾聽
亮光觸摸的聲息
短暫的分享
生命的美好時光

只有三天四夜
陪伴在宇宙的角落
向最小的妹妹惜別
等待在未來某個地方
重逢的美好時光

二〇二三年十一月

---

[1] 作者所寫的是種在家中陽台的「孤挺花」，平時以「狐百合」稱呼之，附圖於附錄 137 頁。

What Do the Fox Lilies[1] Think?

Translated by Terence Russell

Struggling to be rid of old constraints
With your two sisters you await
Your youngest sister's birth

The sun summoned you all
Moonlight kissed your cheeks
And you joined hands in the wind's long-robed dance
You listen rapt in that silent place
To the whisper of light's caress
How briefly we shared
The best time of our lives

Only three days and four nights
Keeping company in that corner of the universe
We said reluctant farewell to our smallest sister
And now wait for some place in the future
To encounter once more those radiant times

November, 2023

---

[1] The flowers referred to here were, in fact, Dutch Amaryllis which grew on the balcony of the family home. The poet preferred to call them "fox lilies" which has a more poetic ring. See p. 137 for illustration.

該醒過來了

被催眠了幾百年
災難的禿鷹在頭頂盤旋
失去警覺
沉睡在催眠者虛假的耳語中

聽不懂耳語的河水
流回廣闊的海洋
波濤不斷地輕唱
旅途的故事

山頂上的森林
移居城市的樹木
築巢的鳥羣
街道上的人們
走在自由的道路

該醒過來了吧
清醒的世界
才能選擇愛與被愛
存活在奇蹟的世界

二〇二四年三月

You Must Arise!

Translated by Terence Russell

Hypnotized for hundreds of years
The vultures of disaster circle above your heads
You have lost your vigilance
And slumber, the hypnotist's whispered lies in your ears

The river understands those whispers not
As it flows back into the vastness of the sea
Where waves softly sing
Tales of its journey

The forests on the mountain peaks
Trees moved to a life in the city
Flocks of birds in their nests
People on the streets
All walk the roads of freedom

You must arise!
For only in a wakeful world
Can you choose to love and be loved
And to exist in this world of miracles

March, 2024

平埔噭海祭的身體之歌

九月四日
中秋前夜台灣國境南方的客家庄月光的薄翅羽毛般的不停灑落寧靜的夜晚田野的螢火忽遠忽近閃爍四週蟲鳴互相招呼一群少年以暗號相約飯後溜出來到伯公廟前的空地集合用福佬語進行誦唸恭請青蛙神降臨

  水雞神
  水雞神啊
  請您轉來好不好

少年們拿一枝香重覆念誦三句咒語寧靜的夜交織著香火螢光蟲鳴和誦詞香火圍繞著蹲踞中央的一位名叫土生的少年在頭頂畫圓圈香火愈轉愈快念詞愈念愈快約半個鐘頭後土生突然往前一步一步跳躍跳了二十幾公尺即將接近一條三公尺寬的小溪前大家合力抱住他土生一臉茫然眼神呆滯眼球不停地轉動一位領頭的少年雙手掏溪水潑在土生臉孔他才緩緩地打開眼睛看看四週和朋友們似乎睡了一段很長的時間大家急著問他去了什麼地方看見什麼聽見什麼他驚嚇著告訴大家

  我飄浮在空中
  飄向不遠的小村落

一位阿孃升空拉住我
叫我土生仔
阿孃說她是尪姨
住在台圓的村落
是族人與神溝通的祭司
明天午睡時
再召喚土生參與隆重的祭祖儀式
你將與先祖們見面

這個村落正準備每年一次的祭祖儀式中秋前一天家家戶戶開始
準備祭拜阿立祖及阿立母的祭品那些祭品包括豬鹿羌的牲體檳
榔米酒等等以及家中恭奉的祀壺每年輪流由一位長者頭家主持
儀式隨後穿著紅裙頭戴圓仔花花圈的尪姨帶領下向天行三次跪
拜接著引導少女們唱迎神曲請阿立祖及阿立母們下凡頭家帶領
全庄的人獻上芋頭和牲體再由尪姨施法行噴酒禮再向東西側的
阿立祖及阿立母行禮尪姨請神完畢後與村民路祭並揮掃拍打牲
體以示淨豬再蓋上七尺二的長布阻止其他神魂偷竊子夜過後尪
姨輕輕割了一下牲體完成獻豬禮接著尪姨以阿立祖身份詢問社
里的大小事頭家回一句牽曲少女和頭家再重覆一次反覆問答到
天明至此獻祭儀式即將結束並清掃場地

十多位穿著白上衣黑裙的少女開始圍圓圈牽曲她們以低沉沙啞的旋律唱著阿立祖渡海來台所教示的歌曲：

我們來唱根源之歌
談起從前的祖先
他叫阿木
阿木向爸媽說他要走了
帶著弓箭
到深山去
走到半路
阿木非常害怕被猛獸襲擊
於是下山到海邊
看見一隻大海龜生蛋
阿木手掏蛋
大海龜挾住他的手
往大海游，四下無人
阿木終於看見岸沙灘上的餘燼
溯溪而上找人
看見炊煙，他非常高興
我們就唱起這個根源之歌

牽曲少女手牽手跳著簡單的舞步向左向右向前退後頭上圓仔花的香氣小腿上綁繫的銅鈴聲響交織著未婚少女清脆的笑聲響徹整個山谷庄頭並與神沉浸在無比歡樂的時光直到天亮

九月五日

今天是阿立祖平安登陸台灣的日子平埔後代將以盛大的嚎海祭向阿立祖致上最高的敬意並感謝先祖立足台灣的艱辛五日中午過後族人聚集在大公廨的西南方稻田中稻田象徵洪流大海族人把祭品挑到田埂上尪姨在泥路上鋪上一大片香蕉葉擺上祀壺與檳榔象徵漂流海上的船隨後尪姨開始主持祭典牽曲少女們再度上場當少女虔誠的圍唱牽曲時尪姨拿著尪祖拐巡視祭品並揮動尪祖拐作法慰靈隨後衝向西南方倒在地上翻滾用雙手猛烈拍打胸脯有時高聲呼喊有時喃喃自語手舞足蹈並嚎啕大哭訓誡子孫要勤勞耕作尊敬祖神互相團結扶持也不可忘記母語牽曲少女在祭典結束前成群奔跑向西方採一片香草絲立刻奔回祭壇土生午睡夢醒時他還記得少女們邊跳邊唱著浪漫熱情的牽曲

  夜靜聽歌聲
  獨自躺臥公廨
  心情鬱悶
  又聽見鳥叫聲
  猜想舊情人來了
  走出去看看
  卻是風吹竹葉聲
  心中難忍思念之情

嚎海祭結束大家慢慢離開土生在夢中還記得尪姨她把他叫到面前在耳邊輕輕的說

我們在島上生活了六千多年

有些族人靠海生活

有些族人在陸地耕田

山上還有不同的族裔

四百多年來

族人被迫不停的遷徙逃竄

我們遺忘了母語

我們的文化被埋沒在地下

兄弟姊妹離散各地

從平原到隘口

你是客家人

你也不完全是客家人

你要記住

你祖母的曾祖父

既是你的仇人

也是你的恩人

土生回到家吃晚飯後向祖母問起阿立祖的事沉默寡言的她輕聲地說這裡是你的家你是土地的一部分你們和祖先是真正的台圓人土生又想起在午睡時聽見母親喚醒他不要再睡了你已經睡過頭了

二〇二三年十二月十三日

◆ 後記：這篇作品引用了一些平埔族研究的專業著作，包括李壬癸、劉還月、潘英及日治時代的國分直一、伊能嘉矩等人。

Song of *Haohai* Ceremony of the Pingpu People

Translated by Shuhwa Shirley WU

September 4,
On the eve of Mid-Autumn
in the Hakka village south of Taiwan
moonlight fell in soft feathers, drifting down upon the stillness of the night.
Fireflies blinked in fields, near and far
while the voices of insects called to one another.
A band of young boys, with secret signals exchanged
sneaking out after dinner to gather before the earth god's shrine
chanting in Hokkien to invite the Frog God to descend.

> Frog Spirit,
> O Frog Spirit,
> Will you come to us?

The boys, holding a single stick of incense
chanted the words three times.
In the quiet of night—incense smoke, fireflies
insects' hum and whispered words weaved—
the incense encircled one boy at the center, named Tusheng,
He drew circles above his head. While the incense spinning faster,
the chanting went faster and faster.

After about half an hour, suddenly, Tusheng sprang forward
one step, then another, leaping twenty meters forward.
As he approached a three-meter-wide stream,
Other men quickly grabbed him, holding him back
and Tusheng stood there dazed,
eyes blank, pupils rolling.
The boy leading the group scooped water from the stream,
splashing it onto Tusheng's face.
Slowly, Tuseng opened his eyes,
looking around at his friends,
as if waking from a long sleep.
They pressed him with questions—
where had he gone, what had he seen, what had he heard?
Still under spell, he confessed:

> I was floating in the air
> drifting toward a small village nearby.
> An old woman rose up to pull me close,
> calling me Tusheng-Ye.
> She told me she was Ang-yi, the tribal shaman
> living in the village of Tai-yuan,
> a shaman who connects our people and the gods.
> She will summon me again at noon tomorrow,
> to join the sacred rites worshipping our ancestors.
> She promised I will meet the spirits of those who came before us.

This village is preparing for its annual ceremony to honor the ancestors.
On the eve of Mid-Autumn,
every household begins gathering offerings
to pay tribute to Ancestor Ali and Grandma Ali.
These offerings include pigs, deer, goats, betel nuts, rice wine,
and the sacred urns reverently enshrined in each home.

Each year, an elder headman takes turns leading the ceremony.
Under the guidance of the shaman—
dressed in a red skirt, her head adorned
with a garland of globe amaranth—
the villagers knelt and bowed three times to the heavens.
The shaman then led the young women
in a hymn of invocation,
calling upon Ancestor Ali and Grandma Ali to descend to the earthly world.

The headman led all villagers
in presenting taro and the sacrificial animals.
The shaman performed the wine-sprinkling ritual,
offering respect to Ancestor Ali and Grandma Ali
in the east and west.

When the invocation was complete,
the shaman and villagers proceeded through the village,
and blessed the offerings.

She waved ceremonial herbs,
lightly striking the sacrificial animals to cleanse them.
The pigs were then draped with a seven-foot-long cloth,
To guard them from wandering spirits.

After midnight,
the shaman made a single cut into the sacrificial pig,
signifying the completion of the offering.
Channeling the spirit of Ancestor Ali,
she asked questions about the affairs of the clan,
to which the headman responded.
The young women echoed the headman's answers,
their call-and-response resonating through the night,
until the first light of dawn touched the village.
As the ceremony drew to a close, the grounds are tidied.
More than ten young women
dressed in white blouses and black skirts,
formed a circle.
Their voices, low and raspy,
chanted the song taught by Ancestor Ali
when he first crossed the Strait to Taiwan:

> Let us sing the song of our roots
> about the ancestors from long ago
> about one man called Amu.

Amu told his parents he was leaving.
Carrying his bow and arrows
he ventured into the deep mountains.
But halfway there
he grew terrified of the beasts that roamed
and turned back toward the sea.

There, he saw a great turtle laying its eggs.
Amu reached out to take one,
but the turtle clamped his hand
and dragged him into the vast ocean.
All around was emptiness,
no sign of another soul.

At last, Amu saw embers on the shore.
He followed the river upstream, searching for sign of life
and when he saw smoke rising
his heart swelled with joy.

And so, we sing this song of our roots.

The song-circle maidens joined hands,
dancing simple steps—
to the left, to the right, forward, and back.
The fragrance of globe amaranth blossoms crowned their hair,
while bells tied to their ankles chime,

mingling with the clear, crisp laughter
of the unmarried girls.
Their joy echoed through the valley and villages.
Together with the gods,
they immersed themselves in boundless bliss
until the first light of dawn.

September 5
Today marks the day Ancestor Ali safely landed in Taiwan.
The descendants of the Pingpu people gather
to honor him in the grand *Haohai* ceremony,
offering their highest reverence
and gratitude for the ancestors' struggles
to settle on this land.

By afternoon, the clans gathered
in the rice fields southwest of the grand hall,
fields that mirrored the vast, turbulent sea.
Offerings were carried to the field ridges,
where the shaman spread banana leaves along the muddy path,
arranging sacred urns and betel nuts—
symbolizing a vessel adrift on the sea.
And so, the ceremony began.

Once more, the song-circle maidens stepped forward,
singing their devout chants as they encircled the altar.

The shaman, holding the ancestral staff,
inspected the offerings,
waving the reverend staff in a solemn ritual to soothe the spirits.
Suddenly, she rushed southwest,
collapsing to the ground, rolling over and over,
striking her chest with her hands,
at times crying out, at times murmuring softly,
her gestures wild, her feet stamping, her voice rising in grief.
She reminded Ancestor Ali's descendants
to work the land with diligence,
to honor the ancestral gods,
to help one another,
and never to forget the mother tongue.

Before the ceremony ended,
the young maidens dashed westward,
plucking blades of fragrant grass,
then swiftly returned to the altar.

When Tusheng awoke from his midday nap,
he recalled the girls' rhythmic dancing and singing,
their passionate chants of devotion in old hymn *O-roraw*:

> I heard their singing in the stillness of the night
> lying alone in the shrine
> My heart feels heavy—

then a bird's call drifted through the air.
I wonder, could it be my old love coming?
But when I went outside,
it was only the sound of the wind in the bamboo.
How my heart ached with longing!

The *Haohai* ceremony ended,
and the villagers slowly dispersed.
In his dream, Tusheng recalled the shaman calling him close,
whispering gently in his ear:

We have lived on this island for over six thousand years.
Some of us lived by the sea,
some tilled the fields on the land,
and in the mountains,
different peoples made their homes.
For over four hundred years,
we have been forced to flee,
to move again and again.
We forgot our mother tongue,
buried our culture deep beneath the earth.
Brothers and sisters scattered far,
from plains to mountain passes.
You are Hakka,
but not entirely Hakka.
Remember this—

your great-grandmother's grandfather
is both your enemy
and your ancestor.

That evening, after dinner,
Tusheng asks his grandmother about Ancestor Ali.
In her quiet way, Grandma softly replied:
This is your home. You are part of this land.
You and your ancestors
are the true children of Tai-yuan.

And then Tusheng recalled his mother's words
when gently waking him from his nap:
Don't sleep any longer.
You've already slept far too long.

December 13, 2023

◆ **Postscript:** This poem refers to several scholarly studies on the Pingpu people, including those by Li Jen-kuei, Liu Huan-yue, Pan Ying, and researchers from the Japanese colonial period, such as Kokubu Naoichi and Ino Kanori.

Translator's note: This poem describes the *Haohai* "嚎海" ceremony of the Siraya people "西拉雅族", one of the Pingpu (plains) indigenous groups of Taiwan. The Siraya people used to settle on flat coastal plains in the southwest part of Taiwan and corresponding sections of the east coast; the area is identified today with Tainan City and Taitung County.
This poem was inspired by the author's grandmother of Pingpu descent.

星期八

星期一

歲月循環不息
回收殘骸的碎片
長成歷史的樹林

打個哈欠
一大早
樓房傾倒整個城市
擁擠的人和車子離開
循著路標前進
早安
上班了
昨天快樂嗎

休息了兩天
趁主管不在瞄一下
股市的臉色

星期二

上禮拜累積的工作
等著厭煩的眼睛
偶爾在忙碌的空檔
想起老情人
她們還藏在心中的角落
腦筋有點昏沉混亂
熟練的工作
吞下早上和下午
一天又過去了

星期三

躲進陽光的陰影
雨水滴落
迴響整個城市的乾枯
城市在雨中
變得靜默而孤單

趕路的人
互相打招呼
還好吧
明天的後天將是個好日子

從月曆的牢籠
逃離
時間到處漫遊
接走一些人
它走自己的路
在生命起源之前
被炸裂後成為永恆

星期四

再過一天吧
不必再抱怨人
群眾像長不大的孩子
要記得朋友的邀約
金色星期五的夜晚
誰也管不了你
深夜有人尋找夢的原鄉
有人在微醺的燈光下
摸索回家的路

下午休息的時間
觀看電視的政治劇本
台灣竟然有這麼多幽靈的正義
搶奪人間的罪惡
累積來世的資產
而傍晚人民在午睡
這不是巫師充斥的時代嗎？

星期五

美好的一天
時間衝向下午五點半
回到城市的懷抱
樹林和海洋被遺忘了

百貨公司和餐廳擠滿了人
時間很快的睡著
遲鈍的感覺復活了
有些情人等待著月亮

星期六

睡醒已是十點多
下午很快就到來
有人窩在城市的房間
有人遠離城市的注視
突然想起今晚的人工智慧論壇
它們的時間即將到來
但不是現在
被創造者會不會毀滅創造者
還是創造者永遠比較聰明

戰爭不會玷污人類的雙手
一場電玩遊戲的景像
戰犯是幕後的假按鈕

星期七

情人們互相抱怨
為什麼不再重複星期七
輪子在時間上滾動
有人必須做些什麼
有些不必做些什麼
造物者請假
讓時間監視有罪的人
從人類生活在這個星球
誰不曾犯罪呢？
今晚好好睡覺吧

星期八

消滅了整個星期
今天是個恩賜的日子[1]
時間不停留，你怎麼看[2]
如何不苦呢
如何不死呢
那是悉達多坐在樹下
發現的秘密
誰能像他
直到來世也無法理解
那就試著平靜下來
走進覺悟者留給人類的廢墟

歲月循環不息
回收殘骸的碎片
長成歷史的樹林

二〇二四年六月二十七日

編按：〈星期八〉為曾貴海醫師生前所寫的最後作品。

1　某些信仰佛教的國家，在初一、初八、十五及二十二日空下來，到寺院去。
2　佛陀曾經問弟子的話。

The Eighth Day of the Week

Translated by Shuhwa Shirley WU

Monday

Time passes as usual.
A cycle starts off, gathering
fragments of the past
Molding them into the forest of
history.

A yawn, in the early morning
The buildings loom over the
city.
People and cars spill out
Chasing signs and rushing
ahead.
Good morning!
It's time for work.
"Did you have a happy day
yesterday?"

After two days of break
The stock market stirs awake.
When the boss is away,
You steal a glance at the glowing
screen
Checking out the market's
fluctuating moods.

Tuesday

Last week's work piles up
Waiting for weary eyes.
While in brief moments among
hustles,
Old lovers slip into thought
Mocking you from some corner
of your heart.
Thoughts get blurred and
tangled.
Familiar tasks consume the
morning,
And they swallow the
afternoon.
Another day slips through my
fingers.

Wednesday

You hide in the shadow of sunlight.
Raindrops fall
Their dripping echoing across the dry city.
In the rain, it feels quiet and lonely.

In your rush, you nod to one another:
"How are you?"
"The day after tomorrow's tomorrow will be a good day."

Escaping the prison of calendar
Time wanders freely.
It chooses its own path
And takes some people along.
This happened even before the beginning of life—
Time becomes eternity after the big explosion.

Thursday

Just one more day—hang on there.
No need to grumble now—
The crowd, like immature children, never grow to learn.
Do remember your friend's invitation to a jolly Friday night out—
No one can stop you then.
Some might seek their airy dreamlands.
Some might fumble their way home
Under dim lights.

In your afternoon break
You watch a political drama played out on TV—
Taiwan, it seems, teems with false guardians of justice
Committing sins against the living
Hoarding treasures for the next life.
In the afternoon, people take a nap lulled by the haze of half-truths.
This is an age overrun with sorcerers, isn't it?

Friday

A beautiful day—
Time races toward five-thirty,
And you sink into the city's
familiar comfort.
Forests and oceans fade away
Drifting into the haze of distant
memory.

Malls and restaurants hum with
life
As Time quickly falls asleep.
Dulled senses stir alive once
more.
While lovers linger, waiting
For the moon to rise.

Saturday

You wake up past ten
Half the morning already
slipping away.
Afternoon approaches soon.
Some stay inside theirs rooms
in the city.
Some roam free of the city's
watchful gaze.
Tonight, you remember an
upcoming AI forum.
Their time will come:
The epoch of the created
But not yet.
Will the created outcast the
creators?
Or are the creators always
wiser?

Need not take human hands to
make war; men's hands can stay
unstained.
What it takes is to press the
button.
You then see images flashing
just like in a game.
War criminals? They are mere
illusions?

Sunday

Lovers sigh to each other,
"Why can't we have another
Sunday?"
The wheels of time roll on—
Some people must do something.
Some needn't do a thing.
The Creator takes a day off
Leaving Time to guard the guilty.
Yet since the dawn of humanity
Who among us is free of sin?
Tonight, sleep well.
No need to fret.

The Eighth Day

The whole week is gone
Today a gift.[1]
Time does not stop—tell me, what do you see?[2]
How to live without suffering?
How to live without dying?
These were Siddhartha's questions under the tree
These are secrets he has found.

Who among us could follow his path?
Perhaps even a lifetime's striving
Would not bring enlightenment.
So, seek peace where you can.
Step into the ruins
Step into the ruins the awakened left for us.

Time passes as usual.
A cycle starts off, gathering fragments of the past
Molding them into the forest of history.

June 27, 2024

Editor's note: "The Eighth Day of the Week" was the last poem Dr. Tseng wrote before his death.

1 In some Buddhist countries, people visit temples on the 1st, 8th, 15th, and 22nd days of each month.
2 This is the question Buddha put to his disciples.

額外收錄

曾貴海手中的詩手稿筆記本。照片提供・翁禎霞女士

延遲到訪的歷史

某個幽靜得連空氣都會掉落的清晨歷史到竹林
的小屋探訪我他帶來了一串台灣特有種的百合
盛開的花瓣仍殘留了魯凱族女神祖留下的芬芳

「您不是答應早就該來這裡嗎
您總是比人們預期的時間晚了許多
遲來的身影隱藏著內心無法補償的愧疚」

「我知道妳想表達被延誤的痛苦
確實有幾次我路過卻又藉故走開
真的很難開口說出第一句話
妳們的苦難簡直是近代史的玩笑」

「您想暗示我們的歷史一開始就造成了錯誤
四百多年前您將我們的足跡帶來這裡
您也沒有阻止船艦進入太平洋和大西洋
台灣只是被強力打開的一顆太平洋大貝殼」

「歷史隨押解者的腳步走向陌生的荒野
歷史無法忠告綁架者什麼是對錯啊
我們只能客觀的記錄已發生過的事

我們也時常被監禁而無法發聲」

「握筆記錄您的是什麼人
是那些被發現被解體的原住人民
是那些驅使墨汁的文字
是那些矇騙您的惡行和羞恥
還是1947年台灣228亡魂們的自白書」

「妳們台灣人當然對我深懷不滿
妳們的苦難在我的檔案中仍散發著血汗的腥味
妳們並沒有在西來庵抗暴中被炙熱的太陽烤焦
乖謬的歷史後來也為妳們打開了幾道大門
妳們卻選擇更黑暗的深淵
妳們的生存慾求卻堅韌如雜草
誰能清除已深埋土地的根莖呢」

「為什麼輪迴的苦難隨海浪日夜沖擊
四百多年還不能出離苦迫的潮汐
讓純潔的百合搖曳成島嶼的白色燈旗」

「妳們很少真實的記錄上岸者的歷史真相
一波又一波豪暴的風雨落向沉溺的原住民族
掠奪者和妳們共同奪藏了他們的心
割棄了他們母語的舌頭
監禁了他們的祖靈

獵殺了他們土地上的百步蛇先祖
他們到現在仍然徬徨的尋找所有的失落」

「您是說歷史被虛構的文字所羅織
每一批上岸者從來沒有真正的懺悔和贖罪
新上岸者展開獵捕早已離岸的登陸者
歷史又重新輪迴進入相同的軌道
啟動迫害與被迫害者宿命圈中循環不息的劇本」

低海拔的山腰被濃霧籠罩在模糊不清飄浮不定
的巨大白袍中一盞五燭光的燈火搖晃在歷史和
我的沉默之間我們試圖透過專注的心志穿過被
隱藏的假相進入人類純真的靈地但圍繞我們的
時間聚集身旁凝視著下一回合我和歷史的對話

「舊的統治者被驅離後
新的統治者只改變了旗幟和臉孔
妳們每次都愚昧的歡迎新殖民者甜蜜的謊言
西方海盜隨著船隻返航
東方海盜卻像草原的腐食動物陸續降落
一上岸就到處獵食所有能找到的食物」

「我們的先民大多都是被苦難的歷史驅迫前來
隨著死亡的黑色潮流浮出水面
踐踏著先行者的屍身上岸

他們將新生的嬰兒交給土地
試圖脫隊成為不再離散的民族
替島國取一個永遠的名字」

「我不同意您的偏見和執見
大多數的台灣人只在意擁有更多的財富
無情地把土地的母親當做貢品和籌碼
正如被珠寶的邪眼所摧毀的腓尼基帝國
妳們缺乏歷史的長遠視野
甚至認不清誰是妳們的父母朋友」

「歷史不能武斷的判定我們的靈魂結構
苦難讓我們看清奴役的悲傷
殖民者不可能擁有慈悲的胸懷
歷史為什麼總是站在掠奪者那邊」

「妳們常誤識殖民者的真實面目
妳們膜拜的神是來自那個天界
黃帝的龍身龍形怎麼會生下人形的子孫
難道妳們生存歷史的道統是暴龍的化身嗎
妳們也無法認清偽善的銅像
銅像仍以驕傲的蔑視眼神宣讀信仰
妳們的意志軟弱如搖擺的柳枝」

「我們曾經反對壓迫者而血流遍地
我們曾經反抗威權統治的兇手而走上街頭

我們曾經為永遠的曙光而犧牲了青春
我們曾經用命運的雙手牽連島國」

「我不會否認妳們試圖成為命運的主人
但妳們的堅持不應只是熱情的柴火
燃燒片刻就很快的澆熄
1721年朱一貴登基不就是一齣鬧劇的野台戲嗎
妳們還不夠格在我身上刻下永遠的銘記」

濃霧稍微被陽光驅離而窗外浮露出與竹林共生
的苦楝欒樹樟木和刺桐台灣畫眉在竹林中拉出
一條又一條悅耳的聲道這裡曾經是平埔族的獵
場歷史準備起身前往下一站我不願輕易讓他走
開一旦他走進前面的霧林不知道那個年代那個
時空才能再向他追問歷史的真相和島國的命運

「許多比我們付出更少的人都得到了歷史的獎品
難道苦難是這座孤島永遠的宿命嗎
我們的高山一路滑露出生命的奇蹟
那麼多美麗的生命群落不應只是新殖民者的禁臠」

「我在離開前不得不透露一些歷史的評斷
妳們的靈魂缺乏集體的高尚和信仰
妳們的靈魂還寄宿在偷來的外殼
妳們的血液還奔流著祖先們隨時準備逃難的幽影
台灣民主國1895年的旗幟只不過是一塊弄髒的桌布」

「您的批判只是片面指控被壓迫者的過失
您的記錄顯然被竄改
您的客觀是否也被壓迫者賄賂了
歷史一直是壓迫者和掠奪者的英雄詩篇」

「我知道妳們內心充滿命運的無奈和不平
妳們應當瞭解人間當然有正義
正義只能被充滿奉獻的人們創造出來
就像妳們所栽植的花樹
土地會讓祂們在某個季節狂歡的怒放」

臨走時我拉住他祈求他再給我們一些忠告和祝
福他看了看頭也不回的緩緩走出去我不知道他
將到哪裡也不知道他下次到來時是寂靜無聲的
寒夜或者是開滿花朵的太平洋之春我彷彿聽到
他用最虔誠幽微的聲音說著

「殖民者的靈魂仍然佔用著妳們的身心
島上的許多人已被徹底改造並複製
妳們過半數的人連手都不願舉起表達自由人的意志
妳們還沒有準備好接受歷史賜予的畢業儀式」

「妳們必須一點一滴一字一句一代一代的寫下去
解救妳們被囚禁的歷史
解放妳們的歷史身心

讓無數殖民的鬼影子消失
讓妳們的土地和心靈承接陽光的垂愛

任何權力都無法逃離生老病死和腐化
歷史只能賜予那些永不放棄的人
那些試圖建立泛歷史的公平與慈悲的子民」

歷史就像今天的濃霧是被不可預知的命運蒸發
形成的謎團人間事物有時候只是迷人的謊言有
時候甚至是一堆文字的垃圾有時候是令人顫慄
的黑暗故事有時候卻像無風的水面映照著鏡底
的天空白雲樹影和伏下身子想照見自己臉孔的
子民他已走出竹林我追出去把他遺留在我房間
的那串百合花交到他手上

「請送給地球遠方的人們
那是我們土地上最美麗的祝福
請告訴他們我們就住在太平洋的浪花上」

《浪濤上的島國》，二〇〇七年十一月

突然又閃現的歷史

歷史接受我回贈的一束野百合後消失在密林的
出口我不認為以後再有機會迎接祂的造訪親吻
祂獻給台灣這塊土地與人民的解放證書我從祂
離去的背影閱讀出淡淡的惋惜和無奈直到祂消
失前從來不回看我等待的眸光真的要讓歷史從
這塊土地永遠的棄離而去嗎真的要讓歷史永遠
替殖民者寫下他們馴服台灣的第七篇日誌嗎

電腦網路上突然顯現一段令人驚訝的訊息歷史
竟然傳來了意想不到的對話

「我只能私自傳達一些連我都不確定的訊息
那些訊息正在你們的前方成形
一大片沙塵雲朝向台灣上空而來
將遮蔽陽光矇蔽地上所有事物的眼睛」

「我也正在注視著這團塵霧的動線
被某種強大的貪婪和權力的強風吹送而來
許多先知型的族人卻以為那是乾旱後的雨水」

「你們的歷史又輪迴到先祖們的原點

他們賴以生存的慾望從你們的身心還魂
誤認只要擁有食物和財富就能驅除生命的不安」

「祢是說四百年後資本家天堂的台灣
人民卻出現了集體返祖的迷妄異象
大多數的人都在偷盜1987年以後種植的果實」

「那些果實正如你們的花果基因改造工程
每個程序都偷偷置入自私貪瞋的誘惑
結下肥美爽口的果實卻取代原味的甘澀」

「那不是我們必須承擔的責任吧
台灣只是地球容器的一個角落
我們的歷史不斷的被殖民者篡寫
我們也希望台灣的地攤能擺出驕傲的品牌」

「你們迷妄的心性並沒有改變啊
1980後台灣啟蒙運動幾乎完全潰敗
你們沒有好好的護持向土地延伸的根莖
沒有滋養修持品格的芬芳
那被稱為無私的愛和抵抗的覺醒吧？」

「祢很少給我們慈悲的祝福
也許是愛已從土地的根莖消失了
也許是尚未繁衍出真正覺醒的世代
也許祢經常居留歐洲撰寫日誌
祢充滿了隱藏的東方主義的偏見」[1]

電腦螢幕突然出現了一大堆火星文亂碼 Tayovan
外來者 Tayan 異形 Taiwan 刮玩 Diewan 埋怨
Taiwan 太彎 Taiwan 抬妄 daiwan 呆彎
Daiwanlan 呆彎人 Tavan 埋望 Taiwan 代旺
Taitaiwan 代代旺 我真的沒有想到歷史也有抓
狂的情緒那些火星文消失後小小的光點萎枯成
黑色天空祂突然不再回答我的質疑我非常懊惱

為什麼用這麼強烈的字眼批判歷史的態度做為
一個台灣知識份子內心裡面必然隱藏著對抗霸
權的複雜情緒並形構成知識良心的基模反抗的
火花隨時會從神經系統的感覺組織失控的開槍

我幾乎不再存有任何希望歷史會以任何方式跟
我對話歷史並不見得是那麼客觀歷史也有祂的
尊嚴傲慢以及偏見但歷史畢竟就是歷史祂每天
都必須從一面大鏡子中鑑照地球最不可預測的
人類物種以及自己的公正和誠實

電腦螢幕上的光點又突然的閃現訊息讓我驚慌
不已地球上人類的乖謬事跡應該使祂忙得無法
分身到底歷史為什麼又出現了為什麼又再度把
訊息傳到地球社會從來不加以珍惜的遙遠島國

「我確實能夠感受你對這個島國的期待和懊惱
明明是浪花圍繞的花朵日夜苞放的美麗之地
為什麼又將承受沙塵暴侵襲的歷史濃霧」

「祢的慈悲與關懷使我慚愧
黑暗時代的到來恐怕連祢也無法阻止
難道是混種的變異者已完成複製了嗎」

「台灣人不能再把責任完全推給殖民者了
時間給你們太多的機會
你們向殖民者學習所有掠奪的技巧
又企圖用黑色的巨傘遮住陽光」

「集體返祖的子民在博弈遊樂場捧著神像下注
權力可以賤價可以折扣可以交換可以出賣
甚至靈魂的出租與援交已不是什麼秘密的勾當
台灣被偽神製造者堆置在孤寂的角落如遺棄的父母」

「你們束手無策的等待苦難的到來

你們似乎焦慮的祈求黑暗之霧的離去
但是沒有付出又能改變什麼」

「輪迴的苦難即將寫在祢的身上
我們的歷史也是祢身心的一部份
祢不只一次的翻閱人類不斷沉淪的淵藪
祢難道不能透露一些出離苦難的法則」

「重新凝視你們的血淚之路
承受黑夜迷霧的穿越與肆虐吧
牢牢的抓住土地點亮自己的光
堅強而安靜的在黑暗中打燈
接受即將到來的錘鍊才有真正的新生
歷史才會記錄令人動容的扉頁
否則那只是一堆垃圾罷了」

我沒想到祂竟然會用這麼嚴厲的口氣替我們的
未來傳達預警我一時也無法回應只好低頭沉思
這些話的殘酷我們不能接受這樣的歷史決定論
也不接受這種命運

抬頭再看螢幕時，祂已離去，螢幕上留一些模
糊的字跡：

只有愛與無私的奉獻才能撼動歷史的冷酷
歷史有時也會滴落天使的眼淚

島國上的百合花在你們心中盛開的季節
請讓我與你們分享吧

《浪濤上的島國》,二〇〇七年十一月

編按: 2007年5月21日早上與李喬及楊文嘉談話後完成。

1 東方主義爲E‧薩伊德的關鍵名言。

訪談錄

曾貴海醫師榮獲「2022年厄瓜多惠夜基國際詩歌節第15屆國際詩歌獎」殊榮，為亞洲第一人。

訪談錄（一）

台灣作家與世界讀者
訪談詩人曾貴海

邱貴芬

邱：您在 2022 年獲得「厄瓜多惠夜基國際詩歌節」第 15 屆 Ileana Espinel Cedeño 國際詩歌獎。可否請您介紹這個獎的性質？

曾：拉丁美洲有不少詩歌節，其中比較大型的詩歌節，如哥倫比亞‧麥德林詩歌節等，厄瓜多惠夜基國際詩歌節規模中型，但亞洲許多國家的詩人，如日本、韓國、印度、中國等國重要詩人都曾受邀出席。厄瓜多惠夜基國際詩歌節的出席人數大約有六十位左右，該獎項為拉丁美洲重要的文學盛事，非受邀無法參與，每個國家最多邀請兩位，對文學的討論極具深度。「厄瓜多國際詩歌獎」為紀念厄瓜多偉大的作家伊萊亞娜‧艾斯皮內爾‧塞德尼奧（Ileana Espinel Cedeño），這個獎項曾經頒給世界各國非常重要的詩人和作家，例如：榮獲 2006 年塞萬提斯獎的西班牙詩人安東尼奧‧加莫內達（Antonio Gamoneda）、祕魯知名小說家馬里奧‧貝拉特（Mario Bellatin）、榮獲 1990 年普立茲詩歌獎塞爾維亞裔美國詩人查爾斯‧西米奇（Charles Simic），以及榮獲拉丁美洲詩人獎的暢銷書《我不想死，一本好書等著我》哥倫比亞作家皮達‧博內特（Piedad Bonnett）、西班牙傑出作家瑪塔‧桑茲（Marta Sanz）等重要作家。而 2022 年此獎項首次頒予亞洲詩人，

由台灣勝出具有特殊意義。

邱：作為一種認可機制，文學獎的運作方式基本上分為兩種：一種是競賽型，由作者或出版社主動報名，另一種是專家推薦。請您談談這個獎的獲獎過程？

曾：厄瓜多惠夜基國際詩歌獎具有競賽性，我得獎是經由客委會翻譯文學作品成西班牙語，台灣的涂妙沂小姐在2022年8月受邀參加，並推薦我的一本詩選集，是由過往創作五十年五百首詩精選而成，因此獲獎。

邱：您認為您作品得以脫穎而出的原因何在？

曾：評審團對作品的評定依據作家的作品質量、資歷（榮獲本國重要文學獎項）、在台灣詩壇和對國家的重要性。我的作品表現了對人間、自然、情愛觀點以及對台灣及世界的關懷，以及本身長年參與台灣環保運動、民主運動、成功推動衛武營公園及藝文中心等事蹟。主辦單位「厄瓜多惠夜基國際詩歌節」主席羅德里格斯（Augusto Rodríguez）提到，很高興能將此一獎項頒給一位偉大的詩人、一位傑出的人類，台灣民主運動的領袖之一。

邱：台灣文學國際發聲除了作家本身表現之外，許多幕後推手也扮演重要角色。可否談談您獲獎的推手，如翻譯補助、譯者、評審者、和其他的重要環節？

曾：台灣的中央客委會於2021年首先透過較完整的計畫，將客籍文學家的作品翻譯成西班牙語、英語、捷克語等國

語言。並透過涂妙沂小姐參與世界各國的詩歌節建立的人脈與資訊管道，將作品推薦給各國並參與競賽獎項。外譯必須透過官方、翻譯團隊及媒介者，才能讓作品被世界看見和評比。

邱：您認為台灣文學國際發聲，政府應該有何積極的作為？您對台灣政府的相關政策，有何建言？

曾：在2004年，我曾提出台灣文學本體生態的建構論述，其中涉及文本外譯和文本與團隊的通路與行銷，甚至與諾貝爾文學獎相關機構或成員建立良好的互動關係，積極參與國際間文學節慶，並在台灣舉行國際詩歌及文學節慶（Festival），客委會首先進行這項工程，希望文化部門，也能組成專家學者的評選及外譯團隊，走向世界，連結世界文壇，讓世界看見台灣文學，才有機會獲獎。

訪談者簡介

邱貴芬

台灣大學外文系學士，美國威斯康辛大學比較文學碩士、美國華盛頓大學比較文學博士。曾任靜宜大學講師、中興大學外文系主任、清華大學台文所教授，並赴劍橋大學擔任訪問學人。曾任中華民國比較文學學會理事長、台灣文學學會理事長，現為中興大學台文所名譽教授。

專長文學理論、女性主義、台灣小說與紀錄片、比較文學，創作以論述為主。長期從事台灣女性文學研究與史料整理，聚焦後殖民與女性主義觀點，關注台灣女性書寫的文化與歷史意義，近期專注於台灣紀錄片研究。

訪談錄（二）

與曾貴海聊文學

蔡幸娥

醫生、詩人、社會運動者，如果只能擇一身分而為？

曾貴海不假思索地說：「詩人。」

認識曾貴海醫師時，他並沒有那麼詩人。

初識曾貴海是在1991年，他除了是胸腔內科醫師，同時擔任台灣環保聯盟高雄分會會長。當時我在民眾日報擔任記者，因為台灣環保運動，我約訪了曾貴海醫師，談台灣也談工業高雄城的環境議題。1992年3月初的一個晚上，十點多了，剛從報社下班回到家，就接到曾醫師打來的電話：「蔡記者，我們要推動衛武營公園，一起來！」就這樣，隨著曾醫師推動衛武營公園，接著展開保護高屏溪運動、創辦高雄市綠色協會……一連串的社會運動，我在報社工作之餘，成為解嚴後高雄市民主運動中的一員。

1999年，曾貴海醫師出版他的第三本詩集《台灣男人的心事》，接著《原鄉‧夜合》、《被喚醒的河流》、《南方山水的頌歌》、《孤鳥的旅程》、《憂國》、《戰後台灣反殖民與後殖民詩學》、《神祖與土地的頌歌》、《湖濱沉思》、《被喚醒的河流》……一年出版一本詩集、散文、評論等文本。

回到詩人身分的曾貴海醫師，總在每次詩集出版時，打電話給我說：「幸娥，詩集出版了，我要送一本給你。」

從環保運動開始，到收到一本一本曾貴海醫師先簽名好的新詩集，我和詩人的對話並不多。

和曾貴海醫師結識三十餘年，與他閒話文學，聊詩與創作，應該是2019年進行《唯有堅持——曾貴海文學與社運及醫者之路》這本書的訪談期間。

曾醫師於2024年8月6日辭世。9月間，我重新回顧2019年和曾醫師唯一一次聊文學的訪談，當時因《唯有堅持》的版面關係，只擇要寫出部分訪談內容。今將2019年的那一年，與詩人醫師曾貴海的文學對談記錄，整理如下。

以下，蔡幸娥簡稱「蔡」，曾貴海簡稱「曾」。

蔡：您的第一首正式被刊登的詩作〈春潮〉是在高雄中學二年級的《雄中青年》，您那時第一次投稿怎麼會選擇寫詩，而不是選擇散文或小說？

曾：我覺得詩的文字像鑽石，它是要修得滿閃亮的、沒有缺陷。

寫小說要用很長的時間，要花很多精神，寫長篇小說，很像懷孕、生小孩一樣。詩不是這樣，詩是靠一種很奇妙的生活經驗，你對世界的看法，對生命的體驗，對自然的對話，還有你的哲學思想。詩的書寫本來就不長，十幾行

二十行,後來我寫很長很長的長詩,是全台灣比較少的。

蔡:您讀高醫時,建議「高醫詩社」改名爲「阿米巴詩社」。「阿米巴」,是自由、多變、不受拘束的;您這幾年的創作書寫,一直帶著阿米巴的精神。

曾:阿米巴隨時在變形,形式、風格,沒有固定。你不想有固定風格,要有多樣的題材,關注不同的外在世界。阿米巴是滿自由的,它對形式一直在破壞,希望每首詩用最好的形式來表達內涵跟意義。我要講的就是,一個詩人要全方位,就是說他生命裡面所有跟他一起存在的題材,可以成爲他詩的生命一部分。如果一個詩人只有關心某一點,那詩人絕對是缺陷的詩人。

蔡:應該講說文學DNA一直在您的身體血液裡,後來就讀高醫、進入台北榮總,工作眞的繁忙⋯⋯。

曾:太忙太忙,忙到只有一個感覺說,只有阿米巴沒有跑掉而已,詩的阿米巴藏在我身體某一個角落,連我都不知道它在哪裡。

蔡:後來從台北榮總回到高雄,生活、工作也都比較穩定,您也慢慢參與很多公眾事務,包括和幾個文學好友創辦《文學界》,您的文學是怎樣被喚起詩的靈魂與創作的動力?

曾:我回到高雄在「省立高雄醫院」[1]任職,剛回來人生地不熟,那時我住在光華路。有一天我騎機車去上班,經過靑

---

1 今高雄市立民生醫院。

年路，看到「鄭烱明診所」的招牌。

高醫二、三年級，我就在《笠》詩刊寫詩，但不多。當時《笠》詩刊的中心在台中，台中有白萩、陳千武、杜國清、趙天儀、林亨泰、錦連。鄭烱明讀中山醫學院時，就寫了不少詩；大學時我就認識他了，是滿出名的年輕詩人。回來高雄，我去找他相認，「你是曾貴海。」我說，「你是烱明。」

認識鄭烱明以後，再認識陳坤崙。隔沒幾年，就說我們來辦文學雜誌，再認識我尊敬的老師葉石濤，他帶著學生彭瑞金、許振江，然後這群高雄的台灣文學本土派的group就聚合了。這個文學雜誌的team，葉石濤當我們的精神領袖，是我們共同的老師，他是一個非常博學、很良善、溫暖，非常疼惜後代的老師。「沒有土地哪有文學。」我們很清楚地說，文學跟土地、跟人民、跟台灣的命運有密切關係，所以從《文學界》到《文學台灣》主要就是以台灣人民的生活、台灣的價值觀、台灣的土地，與共同時代的心聲、希望跟命運，集合在一起就是台灣文學，台灣為主體的文學。

那時要辦文學雜誌，我剛從台北榮總回高雄不久，不太有創作，我扮演什麼角色？鄭烱明就說你出錢就好了。哈哈，我就說「好啊！」每一期，就是我、鄭烱明、陳坤崙負責雜誌經費。雖然只有出錢，還是跟文學開始結緣。那時候《文學界》的辦公室就在鄭烱明診所，也是他家裡，有審稿會議的時候，他也會叫我去；跟這些文友接觸，慢慢進入那個文學的空間，才開始重新提筆再寫詩。

蔡：您第一本詩集《鯨魚的祭典》在1983年出版，說說您這本詩集作品的呈現？

曾：我的第一本詩集，主要就是去觀察這個社會，也寫很多動物的事情，人以外的生命。我有幾首詩是寫抒情。那時可以看出我詩的面向，第一個就是思考的、批判的、抒情的，這三個在一起，所以我的詩跟我朋友的詩顯然是有點差別，那時已經可以看出這種批判性存在，但不是只有批判性，還有其他的特質。

我在大學時代就提出人間詩學及對有情世界的關注，詩為詩應與土地和人民連結，對不公不義的事提出批判與反抗。在我〈鯨魚的祭典〉最後一行，

> 像著名的祭典儀式
> 在時間的輪帶上重複上演
> 當某首歌完全占據的心靈
> 就大聲梵唱走前去
> 不管那裡是山是海是火
> 或是血

這段詩隱喻了為信心不畏一切前進的信念，當然有點浪漫和理想化；也是我對大自然的親近和感受，在城市生活中被淹沒及水泥化，我不能接受這種反自然反生態、不珍惜生命的城市。

蔡：《鯨魚的祭典》是陸陸續續寫？還是一口氣寫完這些詩作？

曾：寫了一、二十年啊,哈哈哈⋯⋯。

蔡：怎麼會想出詩集?

曾：我做社會觀察,社會的結構、病理現象、症狀,會去分析。那時批判性很強,一直在寫高雄。前面有幾首詩是大學時代發表的,然後覺得這些詩的量夠了,就出版,也不想成為大詩人。

蔡：您在1983年出第一本詩集,1986年出第二本詩集《高雄詩抄》。而您在1985年以〈眼鏡〉這首詩得到吳濁流文學獎的新詩獎,〈眼鏡〉這首詩是一首反抗的詩文。

曾：我是近視患者,〈眼鏡〉這首詩表面上輕描淡寫,其實在詩裡就寫說,「我一直在看這個世間,我不了解,這個世間應該是這個樣子,結果不是這個樣子;不應該那樣對待人、對待土地、對待大自然,結果卻是這樣的方式;我看不懂這世間。」看不懂的時候,就懷疑是不是我近視加深了,我越近視就越看不清世界的實像,所以我就換一副眼鏡。換眼鏡是我調整看世界的方法,看我的社會我的國家、人民與土地,但是不管怎麼調整、怎麼換眼鏡,永遠看不清楚;不應該這樣對待人民的方式你這樣對待,不應該這樣管理一個都市也這樣管理都市。人民受到苦難,環境也不好,精神生活也不好,但是也一樣這樣管理;我希望看得清楚,所以我一直換一直換眼鏡,很努力要看清這個世界,很期待這個世界有所改變。但是不管我怎麼換怎麼努力,還是沒有辦法達到這個世俗社會的標準視力。視力就是視覺的視,力量的力,那個視力就是勢利眼啊,是雙重音,是諧音啊。所以這首詩其實

是一種反省、批判與期待都有。

蔡： 1985年吳濁流文學獎得獎，會不會讓您更加肯定自己詩人創作的這一條路？

曾： 我覺得沒有！我只是去領獎這樣而已，那時候我看世界的名詩，我覺得我差他們真的是天差地遠。

蔡： 剛剛提到得吳濁流文學獎時，您會省視自己還不足還不夠，隔了十幾年，您在1999年才出第三本詩集《台灣男人的心事》，這一本詩集，跟前兩本詩集，整個創作的面向又有非常大不同。

曾： 沒有錯，1999年有一個相當重要的分水嶺，我的「阿米巴」又跑出來了，告訴我說，「你這個台灣男人，要講話喔。你要替自然、土地、生命講話，替國家、社會講話，替台灣的命運講話，還有為文學講話，你要建立屬於你自己的文學」，所以書名叫「台灣男人」。

蔡： 1999年之後，您文學創作能量爆發，隔年您出版《原鄉·夜合》，是您的第一本客語詩集，得到非常多的迴響。

曾： 《原鄉·夜合》在2000年出版，〈夜合〉這首詩是在1998年於鍾鐵民家前庭院接受李喬電視專訪時，因鍾鐵民一句話，觸動了我的客家及文學魂。那句話是因為我去摘他家庭院的夜合花，他說：「這種花，福佬人嫌它半夜開，像是鬼花的魂。」我聽到時，內心的震撼就像大海嘯般湧動，因此我的第一首客家詩〈夜合〉，就在幾天後完成，成為南客

的族花,也是我詩作中代表作品之一。人生的因緣真是意想不到,不在任何規劃之中。我也必須感謝已逝世的鍾鐵民及參與美濃鍾理和紀念館的工作,因而得到這種最寶貴的回饋和贈禮。

1999年,那個阿米巴男人,才從我的身上跑出來。從1999年開始到今年(2019),幾乎每年,平均起來,詩的創作、文論、歌詞,還有政治評論,差不多一年一本,用這樣的速度寫出來。《台灣男人的心事》寫完後,我才真正讓這個阿米巴站在我的內在精神,開始體認,我將成為一個真正的詩人。

蔡:《台灣男人的心事》之後?

曾:對!之前我不認為我是詩人,因為作品也不多,我不敢講任何話。但從《台灣男人的心事》之後,我要成為一個詩人,台灣詩人。

蔡:對於創作的人來講,沒有靈感怎麼辦?有沒有靈感對您來講,是不是問題?

曾:真正的作家除了本身的條件,生命裡面,充滿各式各樣繁複的,表層到深層的生命體驗,透過文字、書寫,替這個時代講話。我們是這個時代的兒女,跟這個時代的命運、土地、人民是一體的。我們的國家非常坎坷,是一個被殖民的國家,所以不管社會、政治結構、人權、政治參與、自然,還有人身的自由、生命的價值,受到殖民跟後殖民時代的約束,作為一個詩人,就要面對。還有,你要面對

一個你個人存在的價值觀跟意義，你為什麼活？活著幹什麼？這個問題是永遠的哲學問題。另外，寫詩，你為什麼寫？怎麼寫？寫什麼？你能堅持寫下去嗎？這些是大問題。對我來講，因為幸運參與社會運動、反抗運動、文學運動，也參與了故鄉的社區改造運動。這些東西就是我的營養，讓我的生命裡面充滿體驗，讓我被感動，或是我去感動一些我去參與的事務。

蔡：您到今年（2019）出了十九本詩集，如果有人想要認識曾貴海的詩，您覺得應該從哪一本開始看起？

曾：哈哈哈，可以從第一本看起。

蔡：《鯨魚的祭典》？

曾：對。

蔡：我看《鯨魚的祭典》到《高雄詩抄》，您那時候有很多憤怒、對社會批判在裡面……。

曾：沒有錯。在那個時代，戒嚴還沒有結束，如果一個作家不憤怒，他的良心不知道放在哪裡？怎麼可以有人戒嚴三十七年呢？身心都被架空在一個無所不在「老大哥」的迷失下，一個作家不去反抗、不去憤怒，不想要改革，不想要推翻。就寫一些花拳繡腿、精雕細琢的東西，這種詩人就應該不算作家吧。

蔡：這句話應該很多人不認同，有人覺得文學要呈現美好的一

面，寫一些風花雪月、唯美的，寫很甜的文字，也是可以表現文學。

曾：這看起來好像是壁壘分明，但兩者互相關聯。我也寫過一些風花雪月的東西，要浪漫，也會浪漫到極點。我覺得寫唯美的詩或詞藻精雕細琢的文字，是基本的文學標準。如果這些能力都沒有，要寫有意義，充滿著寓意或是比喻的、直覺力非常強的詩，就沒有這個能力，也寫不好。但透過書寫或是詩，要表達的是土地與人民的生活，歷史的史像，生命的價值，個人生命的內在信仰，你終極的信仰是什麼，你的價值觀是什麼。

蔡：我想問曾醫師，詩人一定要寫詩，因為詩人有話要講，可是讀者為什麼一定要讀詩？不讀詩會不會怎麼樣？

曾：詩在古代，或在一兩百年前，詩是所有藝術的國王。但是從資本主義發達以後，所有的藝術變得更有生命力，更複雜，更能感動一些閱聽眾，譬如說戲劇、電影，最有影響力的就是電影，不是詩，所以詩就從國王寶座下來了。其實詩是有生命，因為有生命，生命要講話，生命要表達它存在的意義，生命要談它的心聲，就透過文字成為詩。所以只要有生命存在，詩就會有存在，但是它已經不是國王，它的輝煌時代過去了，但是詩還會永遠存在；因為沒有詩存在的世界，是一個黑夜的世界，是沒有生命存在的世界。

為什麼你要去讀詩，是很多因素在決定。像日本的文學這麼發達，他們的教育，從小學就把詩、散文、小說都放在教科書；他們的作家如果得到一個獎，除了獎金，會馬上

變成暢銷書；但是台灣沒有辦法這樣，因為國家不同就不同。你看法國的詩沒有消失，日本的詩、文學也沒有消失。

蔡： 所以在推廣文學上，除了剛剛提到教育體制結構要改變，政府做得還不夠？

曾： 從藝術方面來講，現在是多元藝術，有舞蹈、音樂、電影、戲劇，這些表演藝術跟視覺藝術慢慢壯大，所以不能說政府提倡不夠，因為不同的藝術就變得比較平等，特別是電影，電影充滿宰制的力量。這個情況下，詩人的角色，他必然要很努力地把作品寫得更好，更有吸引力，更有魅力，更能吸引人，那也要忍受寂寞。

蔡： 所以曾醫師您是一個寂寞的詩人？

曾： 只有寂寞的詩人才能夠寫好詩。

蔡： 那您現在的詩是好詩？

曾： 只有孤獨的詩人才能夠寫好詩。

蔡： 您現在的詩是好詩嗎？

曾： 作品寫完以後，它會脫離作者存在。譬如說我寫這篇作品，我的意圖、感情要表達什麼。其實你看我的文稿，我一首作品可能改十幾次，如果你意圖要做什麼，那絕對不能改啊。意圖怎麼可以改呢？那你改十幾次，表示感情的表達也要改啊，所以意圖謬誤跟感情謬誤是存在的，但是

不能完全否定你沒有意圖。沒有意圖，你不能建構那個大的構架，跟那個想像中的文本。但完成作品以後，它就會脫離你而存在，大部分在睡覺，大部分就是奄奄一息；只有讀者看到它，或是被發現，被閱讀，被傳頌，或是被當作一個文本去做其他藝術的跨領域藝術的表演、演出。所以作品寫完以後，不是就完成了，文本它會獨立出來，就是它有文本的時間，它有文本的自主性，還有它有文本的被評定是不是有價值沒有價值，那樣的一個命運，這就不是作者可以決定的。

蔡：所以作家不要害怕孤獨。

曾：作家應該感謝孤獨，只有擁抱孤獨，所以我有一本詩集叫《孤鳥的旅程》；但是也許有人會說，「奇怪，靠腰啊，你哪有孤獨。」

孤獨是作家最好的養分，在那裡面會很敏銳地去讀你的心，去看清事物的本質，離開一些世俗的誘惑跟影響。

蔡：想問一下曾醫師您跟文友相處、互動的方式？

曾：其實文友大家在一起的話，最重要的就是，大家要互相能激勵，互相有一點競爭性，又互相學習；這個過程讓你的作品能一直進步，拉高你的水平。對一個文學家來講，他最後的東西，可以是代表他的不存在的存在，不在場的存在就是文本，其他世間、世俗的那些東西。譬如說你對人的看法，或是你跟某些人的來往這些東西，我覺得都不重要；最重要的是，你要用真誠的態度對待他，對待你的朋

友。有一本書叫做《法國文人相輕史》，講述法國文人之間錯綜複雜關係。我認為一個真的作家，會跳脫被相輕、被看輕，或者看輕別人的陷阱，因為你被看輕或看輕人家，特別是看輕人家，你就是被拖進陷阱裡，被雜染在那樣的苦牢裡。有些人可能肯定你的作品，有些人不一定肯定你的作品，有些人是既肯定又不太肯定，但作品最後是不是能夠維持它的生命，是決定於讀者、歷史、時代，還有未來，未來時間它會給你一個評價，而不是當代。當代因為有人的感情因素，互相之間的關係好壞，來判斷作品的優劣。這樣會影響判斷作品的優劣好壞，所以我覺得作為一個真正的文學家，你必須逃脫、逃離，這樣互相之間的喜愛不喜愛、高興不高興，或是用很多時間去談別的東西，或是去談他們的東西，或是批評人的東西，我覺得這個不太有意思。

蔡：你幾次都提到創作者最重要的就是留下文本，可是這個文本完成或印刷出版之後，這個文本就是獨立作品，要交由讀者解讀。

曾：創作就是作者、文本、讀者、視覺這四種關係。先講視覺，視覺是說你生存的世界，你的生命歷程裡面真的世界，過去的世界也會被拉來，還有未來的世界，最重要的就是當下的這個時代的世界，與你同在的這個世界。然後就是作者把他生產的這個文本，這個文本它有一個獨立的生命，但是它也會，有時會醒過來說你怎麼忘了看我，你怎麼忘了來讀一讀我。這時我變成一個客體，既是主體又是客體，這時候你就變成一個讀者，既是讀者也是某種生產者，但你絕對不是主體。所以，這個作品是不是被人

家讀或是留下來，是讀者、時代跟未來，這三個關係滿有影響到一個作品的生命史，它有它的時間、歷史、時代背景。因為它留下來的時候未來不知道怎麼樣，那個時代的他們對文學的評價，不一定跟現代一樣啊，未來的政治，或是人的生存環境是不是改變，我們是不是有一個跟你的生命可以連結的那個未來，或是我們跟我們生命沒有辦法連結，甚至是被毀滅的那個未來。如果被毀滅的話，那個作品就等於被燒掉了，全部被丟到回收場，所以台灣文學必定建立在自己的主體、土地跟自己的歷史上。

蔡：醫學有實驗，詩的創作是不是您另外一個實驗？

曾：阿米巴的精神就是永遠不一定的變化，永遠地創新，永遠地接受挑戰，永遠是自由的方式去表達你作品的內涵。

蔡：所以您的文本被演譯為文學音樂劇場《築詩・逐詩》，是因緣際會？還是說您有這個構想理念去促成？

曾：《築詩・逐詩》這個構想，是製作團隊來找我，說要用我的二十首文本跟江自得的五首文本，做成文學音樂劇，討論要怎麼表現，我說這是我希望的啊。我的文論裡面就講，文學要跨領域、跨藝術、跨語言、跨美學，用這樣的方式來融合所有藝術。譬如說跳舞，《築詩・逐詩》就有舞蹈，也有演唱、朗誦、合唱，也有弦樂，這些東西就合在一起，詩就是一種它的劇作，它所憑藉的劇本是最原始的文本。經過這樣表現，詩不一定完完全全就跟原來的詩一樣，但這也是我希望的，我不想詩就永遠保持那個面貌，它會變形啊，變成為一個更能夠讓觀眾接受，更有創新的

藝術形式、內涵。我希望台灣的文學跟其他藝術，都能用這樣的方式來呈現，呈現台灣自己的特色、自己的文學藝術表現方式。像八大山人、齊白石，你怎麼畫都不會贏過他們，因為他那個時代、社會結構，跟我們的時代是不一樣的情境、不一樣的價值觀。所以人家問你，「你這個時代有什麼作品？」「沒有，我就學習你的。」那還是藝術嗎？那你就白寫了。

蔡：曾醫師我們今天就⋯⋯。

曾：我今天火力全開，哈哈⋯⋯，就是這樣問啦，不要問我作品寫什麼，那樣沒意思啦。

蔡：想和曾醫師聊幾首您的長詩〈夢世界書展〉、〈空・染・窺・迷・舞〉⋯⋯，長達十幾頁的文字，沒有斷句、標點符號，考驗讀者對文字的閱讀習慣與新詩的認知，很直接地問，就是說好讀跟難讀的詩⋯⋯。

曾：很好讀。我覺得很好讀啊，有夠好讀。

蔡：我講的「難讀」，是說它跳脫一般我們對現代詩常見的句法、形式結構，為什麼您要寫這種書寫體的小說式長詩？

曾：我的這幾首長詩，既是散文也是小說也是詩。

會看我東西的人就會去看，文學家、文學工作者、讀者，會翻開來看的人就會看進去；但是不看的人，可能就會忽略過去。我怎麼會這樣寫，你們知道嗎？佛書沒有標點符

號，很古的古文也沒有標點符號，我覺得，文學不是說你寫得非常漂亮就是文學，我就挑戰這個東西。另外，我給讀者自由，你要標哪裡就標，讀得通就可以。但是你要認真看的話，在讀的時候，自然就有那個節奏、韻律、逗點、句點。

其實我的幾篇詩作，有一篇就10個page，有一篇是8 page，我問一些教授評論家，「這篇作品是，詩、散文、小說？」沒有一個人可以回答說是詩、散文還是小說。我將敘述的情節結構放在詩裡面，這是很困難。為什麼很困難？你要用小說的架構情節，變成詩耶。小說的文字可以不用這麼嚴密，比較不用這麼精緻，不用這麼講究修辭；但是你要寫這麼長的詩，每一個字都要寫得像詩，所以我自己講這些作品是「詩小說」，加上一個散文，是「詩散文」。之後我用小說的方式去敘述情節，放進我的詩裡面。我出版的詩集《航向自由》，有不少詩，每首至少四十行以上，很長的詩，這裡面有敘述性，基本上就是小說基本的手法，詩就跳躍性，所以我沒寫小說，但是小說已經變成我的詩的一部分。

蔡：您對詩的創作形式、格式，不斷突破，不會框架在一個一定的形式裡面。

曾：形式會告訴你，你就照我這樣形式寫，要乖一點；有的詩人就說我不要照這樣寫。我對形式的問題，常常去挑戰，我要去突破，不要來限制我。因為這些東西，我沒辦法表達我要表達的東西；固定的形式，是我文學思想的牢籠，表達文學藝術的牢籠，沒辦法關住我。所以我要走出來，發展自己的形式。

蔡：佛教的原始經典沒有標點符號，可是現在的佛教經典基本上都有加標點符號，方便大家閱讀。所以您介不介意，有一天有人把您這樣的長詩加上標點符號？

曾：我有著作權。但是要不要標點符號，是尊重讀者的方式，只要你讀得通就可以，看閱讀的時候是什麼心情、思想、感情。另外，你要有解讀這首詩的企圖心，跟著你的呼吸，要停在那邊，要休息，要拉長，要一氣呵成也可以，你要在哪裡標點都可以。

蔡：您自我突破對詩的創作格式，可是對所有評論者，或者是讀者也是相對很大的挑戰。

曾：對對對，所以有些人會覺得看起來不會很順眼，也可以是說衝擊台灣的文壇。

蔡：對台灣文學，不單只有您自己，台灣詩人的創作會有什麼樣的期許嗎？

曾：有時候一個可以突破創作形式的人，是不被當時生存的那個時代所理解，這是他們共同的命運。一個突破者、創意者、創新者共同的命運，就不被了解，我不敢說是天才啦！就不被了解。那你要接受這個東西，享受自己一個的寂寞，因為文學的東西，可能就是我們就站在這個歷史的回收場。我在一篇評論裡面有講到，我們就站在回收場，可能寫完以後他就給你回收了，時代一過，五年、十年、一百年以後就沒有人看了，這個創作命運很難講。

蔡：台灣有沒有文學作品？當初在推動大學院校成立台灣文學系所的時候，有人質疑，台灣沒有文學，台灣沒有文學作品，台灣沒有好的文學作品，哪需要研究？到底台灣有沒有好的文學作品？

曾：再過五十年，五十年以後，我們現在認為好的作品，幾乎差不多百分之九十都會被遺忘。台灣文學要變成國際上，讓其他國家的讀者都可以欣賞的階段。所以所有作家，包括詩人，有沒有覺醒到要把你的文學提升到一個跟全世界文學平等的水平，這個水平就是要創作出一個能撼動人的作品。所以寫這個時代，寫我們自己的東西，然後你有創新的方式，讓他們感動；而且你又非常真誠地面對身為一個人，探討生命價值存在的意義，我們的命運，我們的苦難，我們的希望，這才是我們台灣文學要表達的東西。

蔡：您曾跟我說過，文學家應該是一個思想家。文學家應該是什麼樣的思想家？

曾：這個思想家是說，他本身從小開始就對知識有追求的熱忱。我用西方的例子來說，西方文學家都讀非常多書，他遇見的朋友，他的學校教育，他的老師、學識都是經過很漫長的歷練。從希臘、羅馬時代的知識開始讀，讀歷史的詩，讀文明的書，讀人類戰爭的詩，讀文學的書，也會讀一些宗教信仰的書。他們的氣氛就是會有一種沙龍性的存在，像文藝復興就是一堆人，像二十世紀的思想家他們，像羅丹與里爾克，他們就是一群人啊，互相切磋，他們知識非常豐富，天文、地理、哲學、自然，都有一定程度的厚度跟深度；因為有這樣的知識，透過深刻的感受與體驗，這樣具備看世間人事物

的表層跟深層，都會跟一般人不一樣。這樣的藝術家，比較能寫出一個有深度、世界觀、人類命運的，還有對於萬事萬物的，那個真實的那種內在本質。

蔡：思想能力來自於大量的閱讀，可是閱讀不見得會轉化為思想。

曾：閱讀不一定對人類有用，像有些人閱讀了之後反而變成獨裁者，有些人閱讀反而去傷害別人，知識是一刀兩刃。閱讀對文學家、藝術家，絕對是有幫忙的。先讓自己成為一個有廣闊視野的觀察者，基本上除了閱讀，還要保持像小孩子一樣的眼睛，保持本初的純真，對每一件事物深入探討。沒有一件事物不能成為詩，只是你體驗得深不深刻，閱讀以後，你可能就要展開你的世界，作為詩人的理路。什麼是詩人的理路？就是要了解大自然，了解不同的生命，知道人類的苦難及希望與愛；這種體驗，這是作為本身體驗的催化劑。

蔡：提到閱讀，因為家裡送報紙，您從國中開始看副刊；進入雄中，更是大量閱讀。曾醫師您閱讀的範圍很廣，除了專業書籍，也看了非常多文學跟哲學的書，而且也讀佛經，可不可以談談您研讀佛經的經驗？

曾：我很喜歡看書，這點大概是你知道的。我藏書大概有兩三萬本，我看思想、歷史、哲學，還有文學、藝術的書，還有後殖民、反抗運動、人類革命的歷史的書。另外，佛學是我生命性的閱讀，大概有三、四十年的時間。

宗教基本上是談到生命最深層的意義，就是說你要看到事物的本質、本來的面目。作爲一個人，我們都從小到大都被教育說你要有成就，要出人頭地，要賺很多錢；但是佛學信仰要人不要有太多的慾望，不要貪、瞋、癡，要有正知見，不要對事情無知，要修布施法門，有錢要布施，要好好做一個人。年輕時，我就開始讀《六祖壇經》，最吸引我的還是原始佛教，從原始佛教、基本佛教，到大正佛教，到中國禪宗，到日本的禪宗；我讀印順法師的書，也讀日本鎌倉時代的道元禪師、鈴木俊隆和泰國佛教禪師阿姜查的書。幾乎每個晚上都讀，睡前看十五分、二十分鐘都可以。

讀佛學並不表示你就是眞正學佛的人。作爲一個佛教徒，基本上要透過修行，不是讀書，如果滿腦子只是將佛學背起來，是沒有辦法了解眞正的佛教精神，也沒有辦法脫離這個生命的苦海，像四聖諦、八正道，修行的路是要透過了解佛陀的原本精神。像我最近出版的《二十封信》，其實那裡面基本的精神就是圓寂無常。

我讀佛學的書，也會靜坐，靜坐是給我一個反省的練習，在靜坐裡面思考說有什麼感受、善念、惡念，不正當的念頭來了，你怎麼面對他，這個練習好像對我看事情有幫忙。

蔡：這些佛學上的大量閱讀，都會是您創作上的很大資糧？

曾：佛學上面的一些知識，或者是靜坐的那些感受，對我的創作來講，是另外一個非常廣闊、還摸不透的海洋，但是我去聽那海洋的聲音。對我的創作來講，有時一瞬間會感受

到佛學跟禪宗講的那類似曉悟的一個程度，所以有些事我就這樣寫出來了。

蔡：您會不會希望台灣有一天會出現一個諾貝爾文學獎的得主？有沒有做過這樣的夢？

曾：當然。諾貝爾文學獎的得主大部分頒給關心人類命運的作家，他們都反抗一些傷害人類命運，大部分的詩人都寫對抗集權，對抗壓迫，對抗霸權，對抗不合理、不公平、不正義的社會制度跟政治結構，所以他們才得到諾貝爾文學獎，這代表作為一個人類的良心。我覺得台灣真正的作家，是產生在一個動盪不安而且命運受到威脅的時代。我的文論裡面，對於作家的評論跟要求都比較高，我覺得包括我都應該更努力地寫，要讓世界其他國家的人來欣賞我們的作品。另外要努力透過專責組織，透過專業人才去大量翻譯、交流，把台灣文學介紹到國際的文學界。在台灣目前的作家裡面，諾貝爾文學獎若頒獎給李喬先生，我覺得這不過分。

蔡：您是什麼情況下認識李喬老師的？

曾：我很早就看李喬的作品，像我五十歲開始變成作家，但是五十歲的李喬已經寫不少出名的作品了，他最出名的就是《寒夜三部曲》，奠定了他在台灣文學裡面不可動搖的地位。《寒夜三部曲》是從日本殖民時代，第二次世界大戰到戰後這段時間，一個在台灣那樣偏遠鄉下的客家人，著墨在一個非常非常匱乏，匱乏到沒有辦法養活自己，幾乎沒有辦法存活的極限狀態下，怎麼活過來的？怎麼度過戰

爭？怎麼克服困難？怎麼非常艱苦為了活命而努力？《寒夜三部曲》講這樣的一個生命，面對戰爭，面對人的離散、死亡，不願意放棄生命的故事。有些人認為一個偉大的作家，有兩個必備條件，第一個，他是受過苦的，是一個有極限的苦，從極限的苦裡面，沒有被打倒還繼續活下去；第二個就是，他對大自然有深刻地感情了解，有鄉下生活的經驗；這兩點是滿重要的，一個是他的背景和他生命歷程的過程。

蔡：曾醫師您是屬於第二種，就是有鄉下經驗，對自然的那個經驗很豐富。那李喬老師是這兩樣都具備，還是他是屬於受過苦而沒有被打倒的作家？

曾：李喬兩樣都有。另外，他爸爸那時候是抗日的，然後國民黨來的時候，他爸爸受到監控，受到不應該有的對待，所以他家變成思想有問題的異端家庭，而且李喬自幼多病，他的苦不只有物質的苦，還有身體的苦、病痛。

蔡：如果就政治壓迫的，台灣也有一些就是被政治欺壓的作家，葉石濤老師也是，您也非常尊崇葉老。可是您為什麼會特別提到說，李喬老師對您的影響非常深遠？

曾：李喬的作品其實有幾個特質，第一，他的作品等於說把整個台灣戰後的歷史濃縮成一個完整的歷史。在《寒夜三部曲》寫完後，他又寫《埋冤‧一九四七‧埋冤》，寫「二二八事件」。他很多小說，寫後殖民的狀態下人類內心的精神狀態，人跟人之間、被壓迫者，被傷害者，整個歷史都縮影在他的小說裡面，透過文論，一直在捶打台灣人

的心靈說，你們為什麼活，活著要幹什麼？怎麼成為一個真正的台灣人？讓台灣人持續反省。最重要的一點就是台灣人跟台灣，終極命運的關懷跟期待。李喬的創作，寫了近一千萬個字，他的生命可以說就獻給文學了，而且他的文學生命是非常廣的，歷史的、反抗的、反思的，還有宗教的。他的文學就是李喬文學，沒有人可以取代，是這個時代，或是台灣文學有史以來最具代表性的作家之一，也是最優秀的作家之一。

蔡：李喬老師是客家人，這個客家的淵源會不會讓您們有更深的親切感？

曾：也不一定！因為如果有不是客籍作家寫得相當好，我也相當尊敬他。

李喬讓我欽佩又尊敬，因為他在台灣的想法跟我一樣，他也是比較傾向於和平主義者，但是他的反抗也是不放棄；就是說任何人能有權力讓自己的家園有一個完整的領土，它的命運由所有人共同決定，他們對未來充滿著一種希望，然後對一個受苦難的人會給以同情幫忙，而且對於自然環境有強烈保護的希望跟行動，所以我們兩個人的想法大概是非常非常接近。

蔡：諾貝爾文學獎從1901年開始第一屆頒獎，至今年（2019）116位諾貝爾文學獎獲得者中，過半得主的創作，詩歌占很大的部分，有51位得主的作品類型在於詩歌。但也不單只有詩的創作，他可能同時寫小說，寫評論，寫散文，寫哲學，也發表戲劇作品；曾醫師您的創作裡面，除了詩、

散文,也寫評論,作品呈現土地跟人民的聲音,您會不會也以此來期待台灣文學的創作者?

曾:文學聲音就是能把這個時代裡真正的思想、現實、真實、命運、苦難,都廣闊或深層地表達出來,呈現人類豐富多樣的精神面貌,特別是台灣人豐富多樣的精神面貌。這樣的作品才對於整個台灣文壇跟歷史有推動的力量,讓台灣的文化、文學拉高到一定的水平,所以這是我個人深深地期待,目前大家都還要努力。

蔡:我曾經想過一個問題就是說,您的社會運動能量很強,文學又是您生命中很重要的一部分。假設您的運動能量全力去做文學運動的話,您會希望怎麼樣將台灣文學推出去,讓更多人在國際間看到台灣文學?

曾:我一直有這個主張,也一直找一些朋友,去表達這樣的想法,但是因為我沒有權力。

蔡:假設現在您有的話,您會怎麼做?

曾:我會要國立編譯館常常跟世界有代表性的文學家、文學團體,或是具有影響力的文學家、文學團體做對話,介紹台灣的作家跟他們認識,然後從事大量翻譯。另外,國家應該有一個專責單位,從事翻譯和行銷的工作,跟出版社結合。因為諾貝爾文學獎是要有一些資本主義社會的行銷關係存在。當然真正的文學不是靠行銷跟關係,靠這些行銷跟關係得到諾貝爾文學獎,桂冠榮譽沒有幾年就凋萎了。真正的文學,你看費特曼、艾略特、聶魯達、里爾克,這

些十九世紀的作家,現在還是偉大的作家。我如果沒有去做社會運動,而去推動文學應該我要有實質的權責,依照我從事社會運動的個性,絕對會組成一大堆的人共同來做這件事。但問題擺在前面,連我們的教科書都反對我們的文學,它離鄉離土,離開人民跟土地,所以我先處理教科書的問題。

我當然希望下一代的作家能夠真正把作品寫得更好,得到諾貝爾獎評審委員的賞識,得到諾貝爾文學獎,這是我的期待。

蔡:曾醫師您上個月(2019年)出了三本作品,那時候您曾跟我說,「以後要再出詩集可能會是很大的挑戰」,您所說的「挑戰」是時間嗎?您還會持續創作嗎?

曾:可能啊,可能實際上這樣做,也可能說有點困難。

蔡:困難?您為什麼覺得困難?您現在一直還是在寫,持續詩的創作。那一天在電話裡聽您這樣說,我心裡面想著,曾醫師是在開玩笑?還是真的有很深的感觸才這樣講?

曾:是有很深的感觸。譬如說我最近有想到一個題目,就是說我祖母是平埔族,我祖母給我的印象非常深。她從小就帶我,她有一點憂鬱,我的臉就有一點像我的祖母,我的遺傳有一點像我的祖母,她有一點通靈。我們的血統真的是不是我們現在分類的那個樣子?是一個大疑問啊,就是說你是不是客家人?你是不是河洛人?不一定。所以這一天我就想說我祖母告訴我的故事,也想到我小時候玩的那個遊戲。

那個遊戲就是八月十五的時候,大家圍起來點香,一直念一直念,念「四腳神,四腳神,請你來」,就有一個人趴在地上,就開始念念念,念到快完,他就跳起來,跳到溪流邊,然後把他抓起來,他醒了以後,好像大夢一場。像這樣的題材對我來講,可以發揮很大的想像力,講整個歷史變動,族群變動,平埔族毀滅的過程。我很想表達一句話就是:我的曾祖父,可能也是平埔人,如果他不是平埔族的人,是別的族群,他可能是我們世代子孫的,既是恩人也是仇人。

蔡:為什麼講是仇人?

曾:因為平埔族在漢移民來的時候,工作的土地被搶了,連三餐都沒有辦法吃飽,生活陷入無助。漢族移民時,看到平埔族,他們如果看到你的女兒漂亮就說那你就給我,不然他就用騙的,用拐的,用一些力量。我的祖母是養女分過來的,我的祖父也是河洛人分過來的,這樣一個結合,我覺得非常奇怪,我的祖母為什麼他的爸爸願意把女兒過繼給我的曾祖父呢?

蔡:所以曾醫師您是想用史詩或是小說的方式來追溯你們家族,甚至這也是台灣的族群脈絡⋯⋯。

曾:混合題材,有對話,有詩,也有獨白,有這樣的想法。[2] 但是要下筆的時候,我是不是可以寫完,是不是可以寫好?因為最近也有一點忙,有口述訪談計畫,也要去岡山看診,所以時間的壓迫,就沒有辦法,體力也比較差。

---

2 曾醫師以此題目,於 2023 年 12 月 13 日完成此作〈平埔噠海祭的身體之歌〉。

蔡：曾醫師，等我們這個口述訪談計畫告一段落，您應該會去試試看。

曾：可能要跟佛祖講一下，哈哈哈……。

蔡：感覺是一個非常大的歷史創作，是不是也是考慮體力上的問題。

曾：體力上你要負荷，你要在一個非常專注而且體力很好的時候，才能夠寫出比較好的作品。寫完以後，不是只有一次，你還要修改好幾次，而且你要認為這個作品是你表現算是比較滿意的。因為作品最後不屬於我，是屬於它的主體，寫完以後它會離開我，變成公共資產；所以我在寫的時候當然是我可能化身變身，變成那個主角，但是最後其實我什麼都沒有。

蔡：因為曾醫師一直提到台灣文學，我可不可以請曾醫師幫台灣文學下一個您認知的註解。

曾：我的看法是，台灣文學如果用樹來比喻的話，它是一個根。這樣文學的根，是屬於這個土地，他關心的是人民跟時代，跟受苦者的心聲，這個文學我就認為它是一個真正的文學。台灣文學就是這樣一個根植於台灣這塊土地裡面，而且寫這個土地的歷史、文化，還有受苦者、希望跟恐懼，快樂與痛苦，寫這個時代的心聲，這樣的文學我叫「台灣文學」。

蔡：以醫生的立場，您用什麼心情去看待生命的過程？

曾：我們一生下來，是跟死亡一起被生下來。人一出生，帶著死亡，在一段時間以後，死亡就會出現，結束生命的旅程。基本上，人是具有生跟死的兩個特質，那是有限的生命。

人的生命過程，一直在成長，成長到中年就是花開，花開最後的晚年就是凋謝。每一個時刻的存在都非常莊嚴，每一個時刻都是生命裡面最寶貴的。

蔡：做這麼多事情，有沒有哪一件事情讓您比較失望，或是力有未逮？

曾：我們心裡面還有很深的恐懼，對生命未來、國家的命運，還有很深的恐懼，所以我們還在一個不確定的命運旅途。

蔡：曾醫師的回答真的還是放在一個人的生命跟台灣土地這個部分。您念茲在茲還是台灣獨立與國家主體性的這部分。

曾：大家都可以獨立，為什麼我們不能獨立呢？怎麼可以剝奪台灣人的權力呢？

蔡：我想再問曾醫師一個問題是說，您做過這麼多的事情，身分角色也多重，如果只讓您選一件最驕傲的事情，是什麼事情？

曾：這個國家、這個世界會更好。

蔡：所以不是衛武營公園？

曾：邥是整體。更好的話，衛武營公園也會好啊；再來就是，能夠以台灣人的，台灣人作家的身分把作品寫更好。

蔡：所以作家的身分還是您最在意的，應該這麼講，作家這個角色才是您覺得是最重要的一個身分。

曾：就是我的存在，作家等於是我作為人的生命的任務。

蔡：所以如果讓曾醫師您選擇一個身分，希望被看見的身分是，誠如剛剛講的，就是台灣作家。

曾：對，是台灣作家。

訪談者簡介

蔡幸娥

高雄人
現任　財團法人高雄市客家文化事務基金會副執行長
曾任　記者、副刊主編。
著作　《唯有堅持：曾貴海文學與社運及醫者之路》、《護理的信心：走過台灣歷史的足跡》。
參與　「衛武營公園促進會」、「柴山自然公園促進會」、「保護高屏溪綠色聯盟」……等高雄市生態保護運動。

後記

曾貴海醫師於高雄信義基督教醫院詩篇花園。

後記

海的歲月——蘊育詩的珍珠

曾庭妤

於2022年「厄瓜多惠夜基國際詩歌節」國際詩歌獎的得獎辭,父親寫道:「文學的詩是世界的珍珠,美夢的源泉。」這是該獎項首次頒予亞洲詩人,父親將榮耀獻給他摯愛的台灣和人類。得知獲獎那天,和煦的陽光映照在他帶著皺紋的笑顏,凝刻在回憶。孤鳥的旅程,不知不覺飛這麼遠了,循著看不見的經緯線飛越換日線。他一生的志業,就是讓世界看見台灣的光。

父親的生命之海,不停朝理想和光明奔流,都是為了讓這片母土更美好。而他的寫作始於高二,大學時確立想書寫的是人間與土地的文學,筆耕一甲子,共創作五百多首詩。即使眼疾,也未停筆,每當到書房叫他吃飯休息,時常專注像是沒聽到。一首首詩,如海中的珍珠,蘊含海的智慧和生命體驗,緊繫社運的脈動,隨著歲月層層積累,綻放獨特光輝。父親在信念與實踐中創作至最後,寫作的日常光景洋溢著詩人純粹而充實的幸福。

如本書〈與曾貴海聊文學〉文中所談,父親覺得詩像鑽石,要修得滿閃亮的,沒有缺陷。使我想起幫他繕打文字的時光,他總是認真琢磨

字句，修改多次。有時一首詩題，寫出不同版本，再精煉。我很開心常讀到「剛出爐」的詩，父親有時會和我分享靈感或聊讀詩的感受。去年春天，他保持著大約一年出版一本書的步調，說計畫出新詩集。父親的閱讀涉獵廣泛，包括文史哲學、宗教、生態、美學和經濟等，也喜愛藝術如音樂、電影和畫作等。這些都內化為他的知識庫和詩作題材。近期閱讀像辛波絲卡（Wislawa Szymborska）和艾蜜莉・狄金生（Emily Dickinson）等人的詩集，本書中的詩〈妳住在那裡──致Emily Dickinson〉，即為致敬艾蜜莉・狄金生所寫。

本書的詩作，涵蓋人間與生活、抒情、自然與禪哲，以及族群與抵抗等面向，包含客語創作，並額外收錄二首與歷史對話的長詩。他生前所寫的最後一首作品〈星期八〉，啟發自近年來的禪學閱讀，回歸內心，觀照萬物的實相。同時，透過英譯詩，期望讓各國讀者看見一位台灣作家的心靈風景。

〈台灣作家與世界讀者：訪談詩人曾貴海〉一文，從得獎經驗出發，放眼台灣文學走向國際之路徑和渠道。〈與曾貴海聊文學〉訪談文，不僅深度暢談文學觀，也談及人生觀、價值觀，期許與建議等。這篇文稿訪問於2019年，最後幾段中，談到他想創作一首史詩，但時間和體力上有挑戰性，正是本書中的〈平埔嚎海祭的身體之歌〉一詩，很高興他完成了。這首詩突破詩的形式，從平埔族祖母告訴他的故事和兒時玩的遊戲發想，探索歷史變動和族群脈絡。文中也談到他的一些長詩如〈夢世界書展〉，沒有斷句，融入對話，能更貼近他所想表達

的思想。創作之路上，他懷抱創新精神，任文本自由伸展，引讀者重構解讀，化身詩人。

謹代表家人衷心感謝高雄市政府文化局與專業編譯團隊，協同前衛出版社，將父親創作旅程最後的詩文珍珠，串集成冊。此外，謝謝楊翠教授、胡長松老師的賜序以及邱貴芬教授、蔡幸娥女士的訪談文，和協助完成此書的朋友們。期待讀者開啟這本書的藏寶盒，欣賞詩語、照片、手稿與家人繪畫間，輝映閃爍的內涵光華。

二〇二五年三月十八日
本文作者為曾貴海詩人醫師三女

曾貴海孫女縫島二瑚（ぬいじま　にこ）眼中的阿公阿嬤，畫於2024年1月15日。

星期八　曾貴海給世界的話　華英詩・文集

曾貴海兒子曾澤民畫父親，畫於2012年8月8日父親節。

曾貴海醫師夫婦2024年6月於屏東枋山旅行合影。

附
錄

〈狐百合想什麼〉詩作中,作者所寫的是種在家中陽台的「孤挺花」,平時以「狐百合」稱呼之。

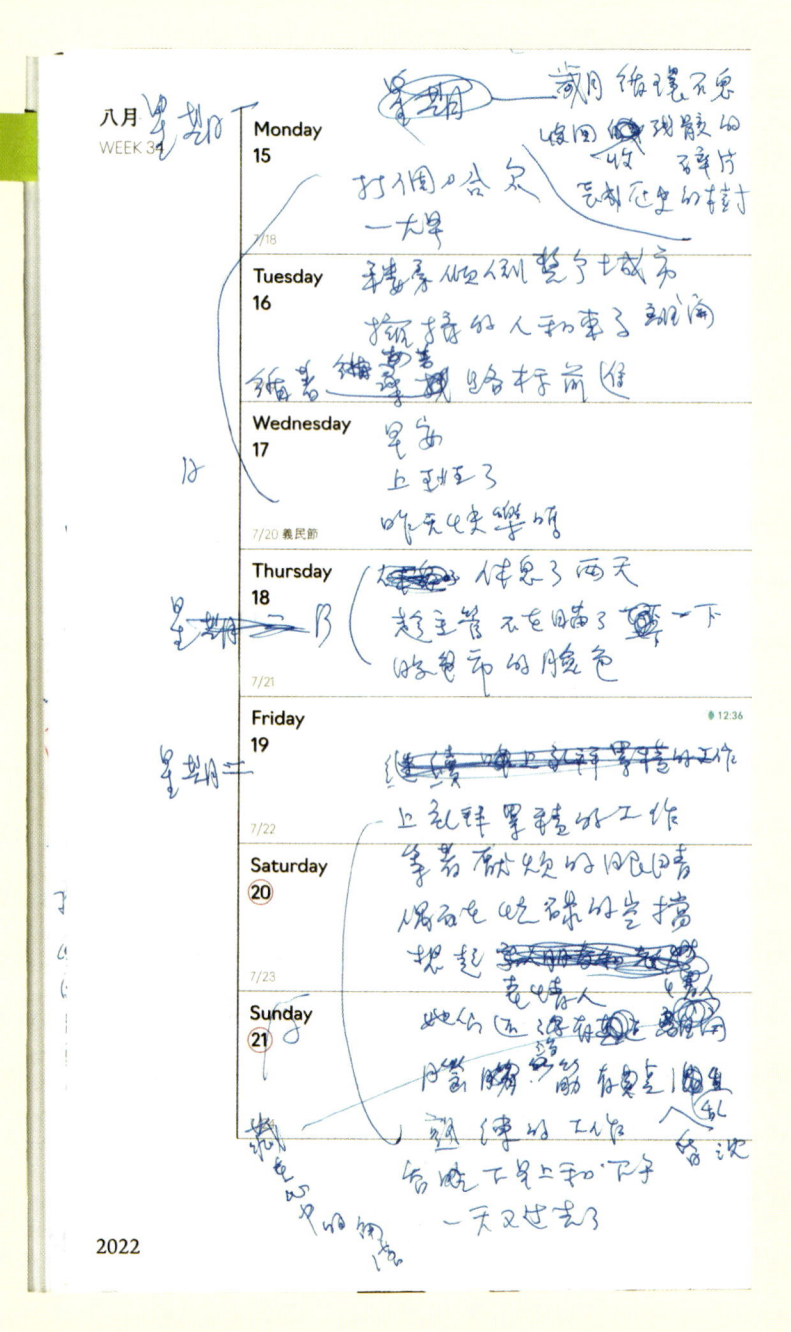

曾貴海詩作〈星期八〉手稿。

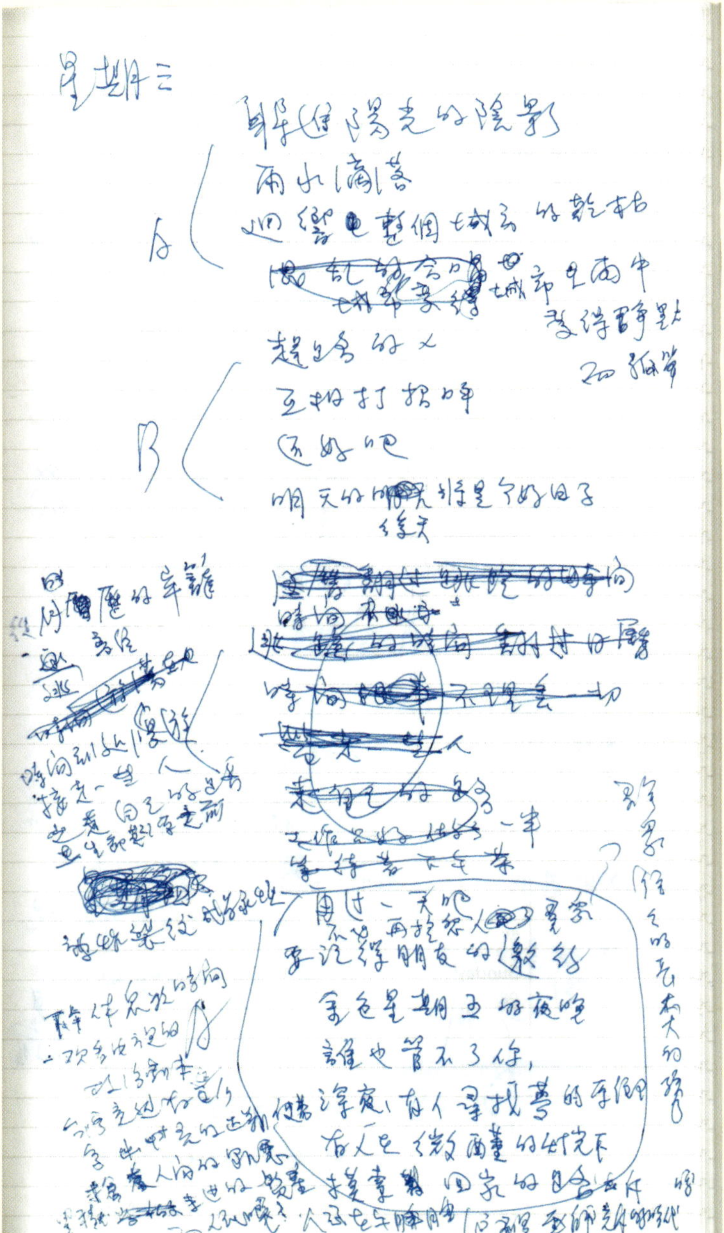

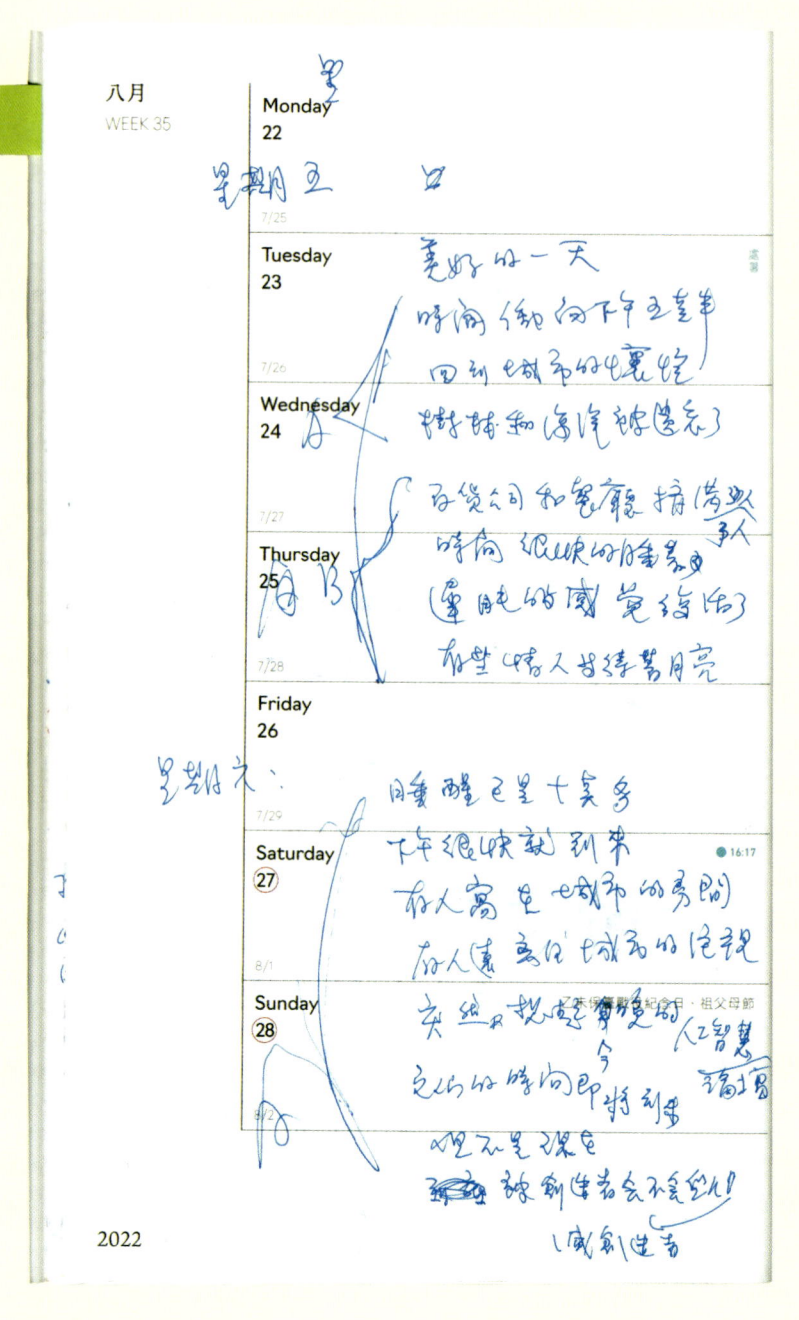

曾貴海詩作〈星期八〉手稿。

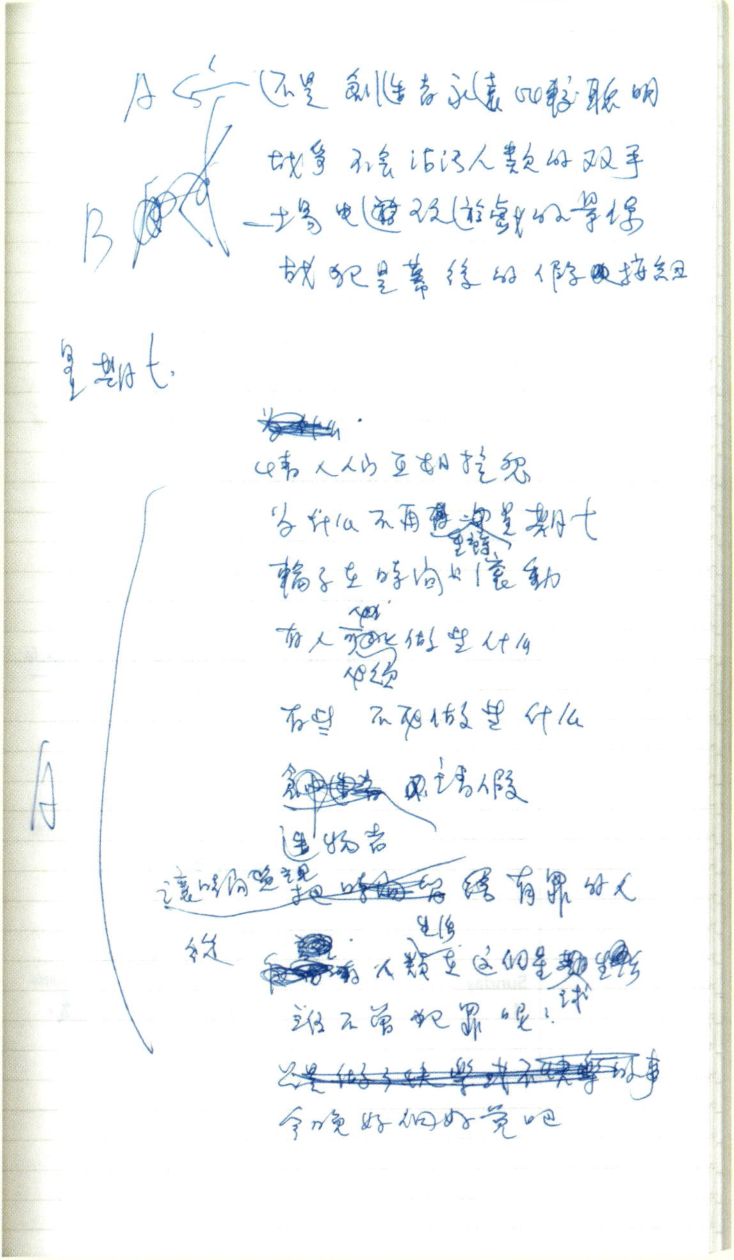

曾貴海詩作〈星期八〉手稿。

歲月綿綿不息
回收殘留的碎片
長成歷史的樹林

星期一

曾貴海醫師於海邊閱讀《給我的詩：辛波絲卡詩選1957–2012》。
2017年墾丁家族旅行，三女庭妤拍攝。

曾貴海醫師與親筆詩作〈冬花夜開〉。
照片提供・翁禎霞女士

About the Author

Tseng Kuei-Hai

1946-2024

Tseng Kuei-Hai was born in Jiadong Township, Pingtung. He graduated from the School of Medicine, Kaohsiung Medical University. Tseng had worked as the director of the Department of Internal Medicine of the Kaohsiung Municipal Min-Sheng Hospital and Vice president of the Kaohsiung Christian Hospital. He was a practicing pulmonologist with his own clinic. He actively participated in public affairs and had served as the chairperson of the Association for the Development of Weiwuying Metropolitan Park, the chairperson of the Takao Green Association for Ecology and Humane Studies, the chairman of Taiwan South Society, the president of *Literary Taiwan* magazine, the director of Taiwan PEN, the head of Li Poetry Society, the chairman of Zhong Li-He Literary Foundation, and the managing director of Literary Taiwan Foundation.

He began publishing his works in the mid-1960s. Apart from the Activities of Kaohsiung Medical University's Amoeba Poetry Society, he and others had also founded *Literary World*, the first literary magazine in Southern Taiwan, and the magazine *Literary Taiwan*. He was an active participant of important literary magazines in Southern Taiwan such as *Li Poetry* and *Literary Taiwan*. He wrote in Mandarin, Hakka and Taiwanese with varying literary styles and themes. He had been awarded the Wu Zhuo-liu Literary Award for Modern Poetry in 1985, the Lai Ho Medical Service Award in 1998, the Kaohsiung Culture and Arts Award in 2004, the 20th Oxford Prize for Taiwanese Writers in 2016, the 7th Hakka Lifetime Achievement Award in 2017, the Taiwan Medical Model Award. In 2022, he was awarded the International Poet Award at the 15th Guayaquil International Poetry Festival Ileana Espinel Cedeño in Ecuador, becoming the first Asian poet to receive the award. In 2023, he was nominated for the Nobel Prize in Literature.

He had published over 35 books in his lifetime, among them 25 poetry collections, essays, naturalist writings, and song collections.

About the Translators

Terence Russell

Terence Russell is Senior Scholar in the Asian Studies Center at the University of Manitoba, in Winnipeg, Canada. His primary research interest is Taiwanese literature, especially that of Taiwan's Indigenous people. His publications include studies of Adaw Palaf, Auvini Kadresengan, and Syaman Rapongan. He is also involved in the translation of Taiwanese literature. His most recent novel-length publication is a translation of *The Spirit of Jade Mountain*, by Husluman Vava (Cambria, 2020). Dr. Russell currently is co-editor for the journal, *Taiwan Literature: English Translation Series*.

Shuhwa Shirley WU

Shu-hwa Wu obtained her PhD at the School of Languages and Cultural Studies, University of Queensland, Australia. Currently, she is teaching translation studies at UQ. Her area of research interests includes Taiwanese literature, translation studies, and aboriginal literature. Her thesis examines the colonial influence upon the construction of identities of Taiwanese Aboriginal people as reflected in Taiwanese Aboriginal Literature since the 1980s. She taught Aboriginal Literature and Culture at the National Cheng-kung University, and at the National Tainan University. Shuhwa also worked as a seasonal writer-at-residence for her translation projects in Tainan. Her publications include *Writing to Find the Way Home: Taiwanese Aboriginal Literature since the 1980s, Voices from the Mountain: Taiwanese Aboriginal Literature, The Anthology of Taiwan Indigenous Literature - Short Stories I; Short Stories II ; Anthology: Prose; Anthology: Poetry* (co-translator), and *Self Portrait: poetry by Tseng Kuei-Hai in Chinese, English and Spanish* 黃昏自畫像：曾貴海華英西三語詩集 (English translator), *The Dawn Train: Collected Poems of Tseng Kuei-hai* (co-translator).

星期八：曾貴海給世界的話──華英詩・文集
The Eighth Day of the Week ── Selected Poems of Tseng Kuei-Hai

作　　者	曾貴海
譯　　者	吳淑華、Terence Russell
訪 談 稿	邱貴芬、蔡幸娥
責任編輯	鄭育欣
協同編輯	曾庭妤
美術設計	蘇韵涵
校對協力	蔡幸娥、汪軍伻、鄭育欣、涂妙沂、春暉出版社、文學台灣基金會
詩文版權	曾黃翠茂
出 版 者	高雄市政府文化局
發 行 人	王文翠
企劃督導	簡美玲、簡嘉諭、盧致禎、陳美英
行政企劃	林美秀、張文聰、宋鵬飛、林莉瑄、施雅芳
地　　址	802514 高雄市苓雅區五福一路67號
電　　話	07-222-5136
官　　網	https://khcc.kcg.gov.tw
編製發行	前衛出版社
出版總監	林文欽
發行統籌	林君亭
主　　編	鄭清鴻
校　　對	高于婷
地　　址	104056 台北市中山區農安街153號4樓之3
電　　話	02-2586-5708
官　　網	http://www.avanguard.com.tw
法律顧問	陽光百合律師事務所
總 經 銷	紅螞蟻圖書有限公司
地　　址	114066 台北市內湖區舊宗路二段121巷19號
電　　話	02-2795-3656
共同出版	高雄市政府文化局、前衛出版社
出版日期	2025年6月初版一刷
定　　價	新台幣320元
GPN	1011400581
ISBN	978-626-7727-13-3
E-ISBN	978-626-7727-12-6（PDF）
E-ISBN	978-626-7727-11-9（EPUB）

©Avanguard Publishing House 2025　Printed in Taiwan

國家圖書館出版品預行編目（CIP）資料

星期八：曾貴海給世界的話──華英詩・文集 = The Eighth Day of the Week ─ Selected Poems of Tseng Kuei-Hai / 曾貴海著. -- 初版. -- 臺北市：前衛出版社, 2025.06
148 面；14.8×21 公分
中英對照
ISBN 978-626-7727-13-3（平裝）

863.51　　　　　　　　　114007318